教育的
100种语言

——丹麦教育见闻

李镇西 著

U0330261

华东师范大学出版社

ECNUP

全国百佳图书出版单位

图书在版编目（CIP）数据

教育的100种语言：丹麦教育见闻 / 李镇西著 . —上海：华东师范大学出版社，
2019

ISBN 978－7－5675－9701－3

Ⅰ.①教... Ⅱ.①李... Ⅲ.①日记—作品集—中国—当代②学校教育—概况—
丹麦 Ⅳ.① I267.5 ② G553.4

中国版本图书馆 CIP 数据核字（2019）第 191272 号

大夏书系·教育观察

教育的 100 种语言

——丹麦教育见闻

著　者	李镇西
策划编辑	李永梅
审读编辑	张思扬
装帧设计	奇文云海·设计顾问

出版发行　华东师范大学出版社
社　址　上海市中山北路 3663 号　邮编　200062
网　址　www.ecnupress.com.cn
电　话　021－60821666　行政传真　021－62572105
客服电话　021－62865537
邮购电话　021－62869887　地址　上海市中山北路 3663 号华东师范大学校内先锋路口
网　店　http://hdsdcbs.tmall.com

印刷者　北京鑫丰华彩印有限公司
开　本　700×1000　16 开
插　页　2
印　张　15.5
字　数　192 千字
版　次　2019 年 9 月第一版
印　次　2021 年 6 月第三次
印　数　8 101-10 100
书　号　ISBN 978－7－5675－9701－3
定　价　52.00 元

出 版 人　王　焰

（如发现本版图书有印订质量问题，请寄回本社市场部调换或电话 021-62865537 联系）

目　录

Part I
初访
丹麦

II

Part 2

再访
丹麦

自 序

原来丹麦
不仅仅有安徒生

2018 年 3 月的丹麦之行，对我来说是一个意外的惊喜。

一月份，一位名叫"董瑞祥"的先生跟我联系，说邀请我去丹麦考察教育。我当时没反应过来，因为我和这位董先生素不相识。经过进一步沟通，我才知道董先生是一名学者，很令人尊敬。

他原来是中学教师，后来辞职经商，又在联合国工作过，还曾担任过 21 世纪教育研究院的执行院长，一直情寄教育。留学丹麦期间，他对丹麦的教育很是赞赏，决定尝试将丹麦的教育理念和模式引进中国，结合中国国情予以创造性转换和运用。

经过一番努力，他与丹麦北菲茵民众学院（简称"北菲茵学院"）谈妥了合作，建立了"丹麦安徒生国际幼儿师范学院"（简称"安幼"）以培训中国幼儿教师，北菲茵学院负责提供校舍和教师，董先生负责招生，"老牛基金会"提供资金赞助。也就是说，参加培训的幼儿教师以及相关的考察人员全免费，他们在丹麦的所有费用（培训费、吃住行等费用）都由"老牛基金会"提供。

应该说，董先生做了一件非常有意义的事。他招收的每期培训学员都是来自一线的普通教师；除此之外，每期他都要邀请一两位教育专家同赴丹麦考察。我就是承蒙错爱，被他作为所谓"教育专家"而邀请去考察的。

于是，我便"混迹"于这个团队，有了这么一次幸运的丹麦之行。

2018年3月，我随"丹麦安徒生国际幼儿师范学院培训项目"第二期学员，在丹麦待了两周。我和全国各地招来的老师们（主要是幼儿园老师）一起听课，授课者大多是丹麦的大学教授和幼儿教育工作者，我们还走访了几所幼儿园，这让我们对丹麦的幼儿教育有了比较系统的了解。但教授们给我们讲的远不只是教育，更从历史、政治、经济、社会等方面给我们讲丹麦文化，让我们了解并理解丹麦幼儿教育所产生的"气候"和"土壤"。

但对我来说，有些遗憾，毕竟我是搞中学教育的，还想了解一下丹麦的中学教育，乃至高等师范教育。于是2018年10月，我随"安幼"第五期学员再赴丹麦，这次我是自费考察。第二次在丹麦的两周时间里，我重点考察了他们的中小学（对丹麦来说，就是"学校"，因为他们的小学和初中是一体化的），也看了他们的高中教育，包括高中阶段的一些特殊学校，还和丹麦一些高等师范学院的教师进行了座谈，了解了他们的师范教育。

没去丹麦之前，我对这个遥远国家的唯一印象就是安徒生。去了两次，我才感到丹麦的骄傲远不只是童话作家安徒生，还有教育家格隆维、哲学家克尔凯郭尔——这三位大师首先都是思想家。这个人口573万（2016年）、国土面积4.3万平方公里（比中国台湾大一点）的国家，却曾经是欧洲强国之一。世界上第一面国旗便是1219年诞生的丹麦国旗，被称为"丹麦人的力量"。丹麦于1950年5月11日与中华人民共和国建立外交关系，是第二个与新中国建交的西方国家（第一个是瑞典）。丹麦是世界上最清廉的国家，清廉指数位居世界首位，幸福指数长期排名世界前三，2019年是第二位（中国是第93位）。500多万人口的丹麦有13位诺贝尔奖得主，以"人均"计为世界第一。丹麦为人类贡献了不少著名科学家，如量子力学的奠基人尼尔斯·玻尔，电流磁效应的发现者奥斯特，世界上第一个发现并测定光速的奥勒·罗默，世界上第一台磁性录音机的发明者波尔森，发现原子核结构理论的本·莫特森，等等。玻尔创办的理论物理研究所，使哥本哈根成为世界物理学研究的圣地。现在风靡世界的以问题为导向的PBL（Problem-based Learning）教学模式，居然是70年代在丹麦的奥尔堡大学形成的，由联合国教科文组织命名为"奥尔堡方法"向全世界推广……

这一切的背后显然有着教育的力量。自由、平等、民主、个性、开放……这是丹麦教育给我留下的深刻印象。我当然知道，丹麦的国情与中国不同，丹麦教育的做法不可能简单地生搬硬套到中国的土壤上，但人类总有一些根本的共同价值认同——对自由的渴望，对创造的呼唤，对文明的追求，对幸福的向往……不然，我们就难以理解2013年6月7日习近平主席在会见时任美国总统奥巴马时说的这番话："中国梦要实现国家富强、民族复兴、人民幸福，是和平、发展、合作、共赢的梦，与包括美国梦在内的世界各国人民的美好梦想相通。"

1983年邓小平同志为北京景山学校所写下了"教育要面向现代化，面向世界，面向未来"的题词。是的，我们当然要"立足中国国情，扎根中国大地"办教育,但同时还应该继续"面向世界"。这是我们应有的自信,教育的自信。

感谢"老牛基金会"给了我一双看丹麦的眼睛,感谢丹麦安徒生国际幼儿教育师范学院董瑞祥先生带着我踏上了丹麦的土地。这两次丹麦学习和考察的见闻和感受,我都以日记的形式记录下来,并及时发布在我的微信公众号"镇西茶馆"上。我将约十万字的"丹麦日记"作了进一步的整理和修改,便成了这本《教育的100种语言》。

需要特别说明的是,本书保留了日记体的文字形式,对比较长的日记适当划分为两部分或三部分,同时为每一则日记(每一部分)都拟了一个标题,以方便读者阅读。在从日记到著作的整理过程中,我自然删除了不少比较个人化的琐碎的生活记录,但我特别原汁原味地呈现了每一节课的课堂笔记——我打字特别快因而基本上能够做到同步记录,还展示了参观考察学校的所见所闻;除此之外,我还特意保留了日记中不多的有关丹麦社会和自然景物的记叙和描绘。我试图让读者通过我的眼睛,看到的不仅仅是丹麦的教育,还有丹麦的布满彩云的天空、野花盛开的原野、一望无尽的森林、浩渺无边的大海、欢腾跳跃的旭日、滴血沉沦的夕阳……

但愿这部图文并茂的小书,能够给您带来与读我以往著作不同的美好感受。

谢谢您,亲爱的读者!

2019 年 5 月 2 日

Part I

初访
丹麦

朦朦胧胧，
我就这样走进了
童话王国

经过十多个小时的飞行，我们抵达了哥本哈根机场，开始了童话王国丹麦之行。

出了机场不久，我们的大巴便穿行于哥本哈根市区。虽然是首都，但完全没有我们想象中的国际大都市那般豪华气派。建筑古老，街道狭窄，行人稀少……说实话，在中国随便找一个小县城，都比这个首都更具现代气息，但我们却从这座城市的朴素、整洁而宁静，感受到许多中国小县城没有的那种古典厚重的历史文化氛围。

车驶过哥本哈根港口长堤公园，我们特意下车来到海边，一尊美丽的美人鱼雕像静静地矗立在一块巨大的礁石上。那就是著名的"海的女儿"，是安徒生为这个世界创作的一个童话人物。铜像与人体大小相似，其下肢为鱼尾形，上体为一形象逼真的少女，神情宁静，面容羞怯，一双饱含忧郁的眼睛，望着远方，似乎是在等待着心中的王子。

车继续前行，向北菲茵市进发。由安徒生我想起了 1997 年 1 月 1 日

的《中国青年报》上发表了我的一篇文章，题目叫作《安徒生帮我"破案"》。文章写的是，当时我班上发生失窃事件，刚好我的语文课要给学生讲安徒生童话《皇帝的新装》，于是我在课堂上巧妙地引导孩子们思考并讨论关于"童心"的话题。第二天失窃的东西居然出现在了我的办公桌上。很显然，是昨天的语文课让犯错误的孩子深受教育，他主动改正了错误。

20多年后，我在丹麦的大巴上给老师们讲起这个教育故事，我说："正是安徒生赋予我教育智慧。"

阴天，还有浓雾。车在公路上行驶，周围的原野和森林都在雾中显得朦朦胧胧，时不时掠过一幢幢红色、黄色、黑色的房舍，在雾中若有若无，显出几分神秘。我们更觉得进入了童话世界……

晚上，抵达北菲茵学院，"安幼"也位于此。说是"学院"，但一点没有我们想象中的校园味道，倒像是在乡下，完全没有围墙。夜幕加浓雾，我们隐约可见几幢童话风格的房屋，其中有一幢就是我们的宿舍。

董老师给我安排的 67 号房间，是去年日本皇太子德仁亲王住过的。那算是"王宫"了。可"王宫"也不过如此：两张单人床，一张写字台，加一个卫生间，便是"王宫"的全部"家当"。

由于时差的原因，很困，关灯躺在软软的床上，万籁俱寂。迷迷糊糊中，我在想，小美人鱼、小伊达、小鸭、拇指姑娘、夜莺……会不会进入我的梦乡呢？

"我心里
依然住着
一个孩子"

因为时差，凌晨两点多就醒了。干脆起来做事，修改了《田哥外传》和《田哥内传》，读了几十页《倒转"红轮"——俄国知识分子的心路回溯》，接着在屋内走路五公里，然后洗澡，洗衣服。感觉做了不少事。

七点多，打开窗户，天已大亮。走出宿舍，四下浓雾弥漫，田野、房屋、篱笆、小路……隐隐约约，神秘莫测。周围一片寂静，唯有鸟鸣。

吃完早餐，九点整我们乘大巴前往欧登塞市，这是丹麦第三大城市，是丹麦第二大岛菲英岛的首府，也是安徒生的故乡。

上午，我们来到安徒生研究中心。研究中心外面，是一条小河，河水静静地流淌着。翻译郭斌老师指着河岸的石阶说：

"那是安徒生母亲经常来洗衣服的地方，安徒生家境贫困，母亲很勤劳。"

顿时，这条普通而陌生的河在我眼中变得亲切起来。

安徒生研究中心坐落在一幢古老的红色老房子里，Odense Adelige Jomfrukloster，旁边有一座哥特式高塔，听说以前这是基督教徒做祷告的地方。研究中心的负责人告诉我们，这个建筑是这一片街区最古老的建筑，有非常多故事。它16世纪初就建起来了。16世纪中期，这房子归当时的国王所有，皇家住了很多年。之后，国王又给了不少贵族家庭使用；经过历史的演变，这里渐渐地又成了专门给未婚女性进行教育的场所，这是18世纪初期。从那时起，这里就成了一个具有教育功能的场所，并且其教育功能一直保持到1970年。安徒生曾经来过这里，拜访这里的女生。最后这个建筑给了欧登塞市政府。2007年市政府又卖给了一家房地产公司，这个公司花了好几百万重新装修，现在南丹麦大学将这个建筑买下来，专门给安徒生研究中心使用。

负责人是一位有学者气质的女性，Anne Klara副教授。她说，安徒生研究中心这个机构成立于1980年。在头三十年里，他们主要是围绕安

徒生的作品本身进行研究。2012 年开始扩大研究范围，现在的研究在三个方面扩展：文学、文化和教育。

她进一步介绍说，安徒生研究中心这个团队主要是做文学研究，即对作品本身进行研究，包括安徒生不同的作品或不同的章节在世界不同国家的解读，还研究对作品进行新的解读等。从文化方面研究，主要是从理论与实践结合方面进行研究。比如不同的国家如何看安徒生，如何接受安徒生，安徒生对俄罗斯意味着什么，安徒生在中国有什么影响，对于不同文化安徒生的价值体现在什么方面，将来还有怎样不同的角度发现安徒生作品新的价值，等等。关于交流方面的研究，就是研究怎么让尽量多的人因安徒生而受益，通过交流而传播出去等。

第二位和我们作分享的，是一位做了 26 年校长的学者，Jens Thodberg Bertelsen。他说他退休前安徒生基金会就希望他来这里工作，他自己也想把安徒生在教育方面的意义挖掘出来。

他介绍了有关安徒生的教学，主要体现在三个方面：安徒生作品的教学，有关安徒生的生活、工作及同时代生活的教学，与安徒生价值观相关的教学。他又说，可以在安徒生作品里研究他的故事和教育的关系，可以在教育里讲安徒生作品和教育的联系。最有价值的是把安徒生和教育联系在一起。

如何将二者有机结合呢？他以安徒生的童话故事《笨蛋汉斯》为例：两个哥哥很聪明，弟弟不聪明但很机灵，最后获得公主的芳心。这是为什么？因为弟弟没有受过正规的教育，也没做过官，思想没有被束缚，所以他拥有想象力和创造力，他可以在大家认为一文不值的地方发现闪光的价值。所以要让孩子掌握富有创造力、想象力的技能。这就是这个童话故事的价值：打破常规模式，面对不同世界，幻想与创造力，寻求超越自我，以小见大……

他向我们展示了讲课提纲——

我们的教育目的，是要发展增强学生的生存能力——学生的能力（学生能做什么——学生拥有能力），学生的知识（学生知道什么——学生有常规教养），学生的生活（学生是可以独处也可以和他人共处的人——学生有教养），学生的意识（分析和解释），学生的思想（理解、想象力和整体的能力），学生的判断力和决策能力（考核能力），学生的智慧（求知的能力和欲望）……

他又说："在中国，安徒生童话更多的是低龄孩子在读，而在丹麦安徒生则陪伴人的一生。因为安徒生不是只对孩子有意义，而是对所有人都有意义。因为他的作品与人生相关，绝对不只是针对孩子。我今年69岁了，但我心里依然住着一个孩子。"

听到这里，我心里一震。在中国，因为小学和初中教材里有安徒生童话，学生会读，除此之外，还有多少人会读安徒生呢？在今天的中国，随

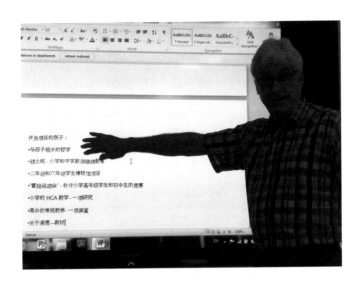

便一个电子游戏或一篇网络小说，都可能"秒杀"安徒生。当然，这也不仅仅是安徒生在中国的遭遇，甚至也不仅仅是童话的遭遇，而是整个文学的遭遇。当一个本来富有悠久而丰厚历史文化的国家，不得不靠《中国诗词大会》《经典咏流传》等电视节目来推动文化精品的传播时，这个国家的文学乃至文化已经出现危机了！

教授说，他的心里依然住着一个孩子。这真让我感动！他的意思是他一直有一颗童心，而没有童心就没有教育。我不知道在中国是不是每一位教育者都童心犹存，我知道的是，离开了童心谈教育，无异于缘木求鱼。

下午，我们参观两所幼儿园——魔笛幼儿园和蓝色星球幼儿园。

如果要论硬件，这两所幼儿园远远比中国许多城市的幼儿园差，看上去简直不起眼，朴素得有些简陋，但走进去后会感到，幼儿园处处站在儿童的角度提供服务，真正把儿童放在至高无上的位置。这让我们感动和感慨。不是说中国的幼儿园就没有以孩子为本的理念，相反这些理念经常醒目地出现在许多幼儿园的墙上，但在实践中，中国不少（不是"所有"）幼儿园更多的时候还是整齐划一，更多地考虑如何"管理方便"。

丹麦的幼儿教育没有统一课程，但有共同的六大发展目标：语言、科学、社交能力、自然、个人能力、身体健康……至于具体的课程，完全由各幼儿园决定或选定。因为是安徒生的故乡，所以这里的幼儿园往往用安徒生的故事搞活动，让孩子们在童话中成长。其中，最重要的是——玩！

相比中学教育，我对幼儿园教育显然不熟悉。所以这里不打算多谈理念，只记录我看到的几个细节——

细节一：这里的幼儿园都有很原生态的沙土，有树，有坑，有最质朴的大自然环境，孩子们在这里爬树、钻洞、挖坑、筑城堡……环境看上去"脏兮兮"的。

细节二：幼儿园各个房间门上的把手都很高，只有成人才能够到，而幼儿是不可能够到的。显然，只有心里处处装着孩子、想着孩子的人才会有这样的设计。

细节三：我们进幼儿园的时候，低龄的小宝宝都在婴儿床里睡觉，但婴儿床不是放在室内的，而是放在室外的。要知道外面多冷呀！当天的气温是零度，园内还有一些积雪。如果在中国，这些娇嫩的小宝宝怎么可能被放在户外呢？我们问幼儿园的老师："为什么要让孩子在户外睡觉？"回答很简单："外面空气新鲜，能听到鸟叫，这是最适合人类的自然生活。"

细节四：一个女教师半躺在墙角，身上和腿上趴着三四个孩子；不远处，另一位女教师正在逗一个小女孩，用双手把小女孩举得高高的，小女孩咯咯咯直笑。我感觉就是一位母亲带着孩子在玩儿。负责人告诉我们，幼儿园老师的主要任务，就是带着孩子玩儿！没有什么"早期智力开发"课程，更没有提前教孩子计算、识字。

细节五：一个小女孩拿着小铲子一直在围绕一堆沙子忙碌着，而其他孩子有的在奔跑，有的在骑车，有的在做其他游戏……

总之，我们看到的幼儿都是很散漫很自由地在玩儿，没有统一的上课

或活动。幼儿园的负责人 Marianne Barthelemy 说，孩子不可以也不应该绝对统一管理。这个孩子需要的，就是我们应该给他的。作为教师，要不断把自己当作孩子，要不断地揣摩孩子需要什么。这个"不断"是无止境的。所以他们的孩子随心所欲，没有说一定要服从什么。想想中国的幼儿园，这样的场景是很常见的——小朋友们排着整齐的队伍，在

老师的带领下去做统一的游戏，连睡午觉都必须同时睡下同时起床，甚至有时候鼓掌都是统一的节奏："啪，啪啪，啪啪啪！"这在丹麦老师看来，是不可思议的，因为每个孩子都不一样啊！为什么一切都要"整齐划一"呢？我们团队的郭纯洁老师很有感触地说："我儿子小时候上幼儿园，我跟老师说：'这孩子不习惯睡午觉，能不能不睡午觉？'老师们听后很生气地说：'不行！哪有这么不听话的孩子？'"

……

实事求是地说，中国的幼儿教育也并非一无是处，相反至少我认识的不少幼儿教师在这方面也进行了改革与探索，现在中国许多幼儿园也很注重"儿童本位"，比起过去已经有很大进步了，可和丹麦幼儿园相比做得还很不够。但愿中国幼儿教育的进步不可逆转，而且步子越来越大，最终让幼儿成为幼儿园的"上帝"。

傍晚，乘坐大巴返回学院。天地之间依然雾蒙蒙的，所有的景物都如一幅幅水墨画在窗外次第展开。尤其是那一棵棵没有一片叶子的大树，网状的枯枝曲折苍劲，在布满灰云的天空上，写下对蓝天和阳光的呼唤。

"在丹麦，
老师站在讲台上
不代表他就是权威"

　　早晨如昨，三点过就醒了。读书、写作、室内走路六公里……

　　今天全天都在安徒生国际幼儿教育师范学院上课。坐在教室里，看着教授眉飞色舞地讲课，好像回到了学生时代。

　　上午，给我们讲课的 Lars Høbye 教授，曾任丹麦教育部部长助理和丹麦教育部发言人。他今天给我们讲课的主题是：丹麦文化，民主进程和福利的状况。

　　他先用中文说："你好！"然后通过翻译讲课。他说："在丹麦，老师站在讲台上不代表他就是权威，你们中途可以打断讲课，并质疑老师，这就是丹麦文化。"他说他在南丹麦大学做教师和管理多年，在欧登塞市政府做文化顾问，1990 年开始做民众学校的老师，2006 年开始在丹麦文化部工作。

"现在我退休了。所以我是作为一名丹麦公民来说话。"

说实话，这种授课的开头方式，让我们中国人感到很陌生，同时也很吸引人。

然后他又开始跟我们聊天，说他退休之后，就开始到世界各地旅游，2004年和2005年去过两次中国。在中国待了两个月。印象深刻的是，中国非常美丽，并拥有多层次的丰富的文化，中国人热情好客。

他特别提到："我在中国享受到许多友好，我想报答。"他说他参观过中国的学校，发现中丹两个国家有许多可以相互学习的地方，比如在教育方面，丹麦可以学习中国教学的严谨，而中国的教育应该给学生更多的空间，让他们去创造和合作。

他又说，中国和丹麦还有一个领域可以学习交流，就是福利方面。在丹麦，家庭的每一个成员都有责任感，但他们不必亲自操心照顾老人，因为他们有完整的福利体系；而中国的老人主要靠国家的福利机构，如果子女和父母住得很远，那么老人需要一个机构来照顾。

我觉得关于养老福利，他说得不太准确。其实在中国，人们传统的观念并不是把老人送到福利院，而是儿女自己照顾。当然，现在越来越多的中国人接受了把老人送到专门的养老福利机构。

说到丹麦的文化，他说丹麦很小，只有570多万人口。整个国家没有高山，非常平坦，最高的山海拔才147米。丹麦是从海盗文化开始的。他给我们展示了一张巨石的图片——耶林石，说这两块石头是丹麦王国诞生的证明。当时是公元900多年，那是丹麦历史的开始。过去的1000年，基督教和君主合一并存，互相交融。而民主是从18世纪开始的。1994年，耶林石被联合国教科文组织列入世界文化遗产。

然后他给我们讲丹麦的文化发展有两条线索，一条是上层文化朝下发展，另一条是大众文化朝上发展。他举了大量的例子，展示了许多图片，让我们走进丹麦的历史，一直走到今天。

讲到丹麦的民主文化，他提到了"民众学校"，也有翻译成"民众学院"或"民众高等学校"的，这是19世纪由农民建起来的，学校自我管理。这个学校的作用，是教给农民一些技能和通识教育，使其参与到民主进程中来。1849年，丹麦第一部民主宪法诞生。1900年，工人也开始建立自己的民众学校。慢慢地扩大到其他领域，都用民众学校这种形式发展民主。

我理解，丹麦的民众学校，其实就是民主启蒙教育的机构。但这种启蒙不仅仅是纯粹讲理念，还讲实践，包括生活技能。

在讲到丹麦教育时，他提到丹麦伟大的教育家格隆维，他是牧师、政治家、诗人、教育家和思想家。他特别注重普通人的人生经验，这是教育资源。同时他强调师生平等，尤其是每个人的观点都是平等的。他认为在课堂中没有谁比谁更聪明，每个人都有自己独特的东西。

他讲到了流行文化向上的渗透和高层文化向下的辐射。他谈到媒体时说："在民主国家，私人空间很重要，不希望政府知道。比如丹麦最大的广播电视台，是国家资金支持的，但国家管理者和政治家不能干涉媒体的自由。"

他又谈到了安徒生，说安徒生是丹麦的骄傲。他的生命流程是从流行文化和高层文化的融合开始的。他童年听过很多老百姓的故事，他创造的故事与他的生活联系在一起，比如《丑小鸭》。安徒生的出生地，现在是博物馆。他家境贫寒，母亲是洗衣工，父亲是修鞋匠。安徒生14岁就去了哥本哈根，想成为艺术家，但他不知道做什么艺术家，当歌唱家或演员……最后他成了作家。

他骄傲地说："丹麦到处都有安徒生的雕像和元素，世界各地都有。全世界的人都知道安徒生。他激励了整个世界。"

他说："文化发展不应该受到来自政治方面的干预和指导，政府给钱就是了。文化是自由的。丹麦有一种自由的讨论文化，人们可以平等自由地探讨任何话题，包括政治。2016年，丹麦文化部长发起了一场'丹麦价值观'的网上投票，超过32万丹麦网民参加评选，也有争论。最后十条核心价值观当选——自由，法律面前人人平等，男女平等，hygge，福利社会，信任，丹麦语，志愿义工，开明的思维，基督教。"

说到"hygge"时，他反复强调，这个词无法翻译，英语里也没有对应的词，其含义就是每一个丹麦人感到的舒服、幸福。我突然冒了一句："就是四川人说的'安逸'嘛！"翻译给他转述了之后，他点头表示赞同，并说："你们在丹麦一定会体会到hygge的！"

最后他说："丹麦也面临战争带来的难民问题，还面临世界共同的气候变暖、经济危机等问题，要解决这些问题，必须跨国界跨民族一起来解决。所有国家和民族都是平等的，应该推进全球合作化。我坚信，在21世纪，丹麦的民主会继续有活力。"

"所有人的注意力
都在考试上,
教育就没意思了"

下午,是院长 Mogens Godballe 为我们上课。这是一位慈祥而具有学者气质的长者。

当然,所谓"长者"是对年轻人而言,对我来说,他只比我长一岁。因为他第一句便自我介绍说:"我今年 61 岁,在这个学校当校长 13 年了。"

他围绕"民众学校"给我们讲了丹麦的民主教育。

下面是我的课堂记录——

民众学校的历史。1844 年第一所民众学校在日德兰岛建立。那时 75% 的丹麦人是农民。1849 年民主宪法诞生,规定只有 35 岁以上的男性公民才有投票权。这是民主的雏形。虽然给了 35 岁的男性公民选举权,但怎么选举? 75% 的农民没受过教育,如何选举他们不知道。基于这种需求,第一所

民众学校便诞生了，目的是帮助这些不会任何社会交流的农民行使他们的权利。

　　（对这段话我一直有一个疑问，1849年才有规定公民选举权的宪法，怎么1844年建立学校帮助公民选举了？但这个问题课后没来得及问。后来我请教了Lars教授。他针对这一问题，通过电子邮件回复：在1849年宪法诞生之前，丹麦社会的参与意愿越来越强烈。格隆维认为有必要通过教育来使民众有资格参与民主，主要接受这一想法的是农民。第一所丹麦民众学校于1844年，在宪法诞生之前成立。民众学校为宪法和丹麦民主的进一步发展铺平了道路。民众学校不仅是帮助农民知道如何投票的学校，也是培养他们的公民意识、民族认同和农业技能的学校。主要目的是普及教育或扩大启蒙，丹麦民众学校在辩论和转换其目标和方法方面，有着悠久的传统。）

　　丹麦六个月都是冬天，这些民众六个月都在学校学习如何做公民。学校第一次让他们知道了作为个人应有的权利，知道了"我是谁""我在社会上是什么身份"。只有知道了你的文化，你的语言，你才知道你是谁。

在民众学校，不只是教抽象的理念，还教语言、诗歌、数学、画图、生活技能……因为这个教育是理论和实践结合，所以要教农民一些技能，这些技能可以运用于生活中。农民最直接的受益，是他们变成了受过教育的农民。他们在提高，在学习。他们不会为学习而学习，而必须学一些实用的东西。要让他们去学习，一定要提高他们的认知，找到他们学习的动力。在真正的学习之前，一定要激发他们的动力。光讲理论不行，要让他们学体育、音乐，激发兴趣，调动积极性。这是学习的准备。然后再进入第二步，教他们一些知识。就像 0～6 岁的孩子，让他们天天做游戏、唱歌，到了一定的年龄他们自然愿意去学习。

格隆维做了很多与这个社会有关的事。最早他是反对民主的，他觉得国家大事应该由国王作决定，民众懂什么？后来他的想法转变了，但他认为民主不是空谈，必须有一定的基础，有文化，有经验，有相关的思维模式，才能谈到民主。有一位叫 Hal Koch 的学者写了一本书《什么叫民主》，认为民主就是一种文化；民主不只是一种形式上的四年一次选举，更是要在家庭、学校、社会等生活中建立的一种思维模式，而这一定要从孩子开始。

1864 年丹麦在和德国的战争中失去了五分之一的国土。德国强大了。这给了丹麦一个启示：不能用武器去赢得别人，但要让自己的内心温暖，强大自己。在外面失去了领土，必须从里面赢回来。第一所民众学校后来移到了另一个地方，因为原来的那个地方被德国占领了。农民从民众学校毕业后，回到家里就琢磨如何使农业现代化。那时全球的农业也发展了，因为有铁路，可以把农产品运出去。所以农业的发展模式也变了。丹麦很多年都产玉米，产量高了，价格就下降了。农民面临着破产，这就逼着他们去革新思维，找到新的发展方式。他们从民众学校毕业回去就开始合作，而不是一个人做。他们是自己主动这样做的，因为土地是自己的，不是国家的。有了合作，他们就实现了知识共享。

一个农民就有一张选票。彼此都是平等的，无论你有一百头牛，还是十头牛，都是平等的。这就建立了民主和平等。多长出来的玉米，就可以拿回去喂牛，有牛就有了奶。这就是新的思维模式。农民意识到了民众学校的重要性，因为需要新技术，就更渴求知识。他们觉得民众学校太重要了。这和中国的产业变革转型有点相像。产业升级需要更多的信息、知识、技术，需要更好的教育。

教育方式的革新，一开始就强调必须让孩子有想象力，不能再像过去一样。随着这种需求，民众学校也在发展，不是只教农民一些知识点，而是更加专业。不管怎样发展，格隆维的思想一直是基石。他主张尊重每个人，每个人都是他自己，教育是把人生点亮。

不只是老师给学生讲授，同时老师也在学习，互相学习。丹麦的教育是从最底层开始建立起来的。尊重每一个老百姓，尊重他们是谁，尊重他们自己的人生经验，基于这一点使他们提升，通过对话去学习。

Mogens 院长讲完后，他回答了一些提问。

有一位老师问："在民众学校如何认定一个老师的资格？" Mogens 院长回答道："对老师的资格，没有必要作一个正式的认定，学校是自由的，只要校长认为你合格你就是合格的。没有写在墙上的标准。主要是看你的性格、经验、沟通能力。"

针对"如何考核学生"这个问题，他说："民众学校是没有考试的。学生来，我们会问他最感兴趣的是什么，根据他的兴趣去教育。一旦有考试，所有的焦点都在考试点上。所有人的注意力都在考试上，教育就没意思了，就失去意义了。"

"那如何评估老师的教学效果呢？"提问者追问。我一听就觉得这是一个典型的"中国式问题"，但 Mogens 院长还是耐心地作出回答："在民众学校学习结果的好坏，在课上的考试是看不出来的，而是在一年、两年后或更多年以后才显现出来。考试也好，激励也好，考试这个过程就已经把人分开了——把学生分为优生和差生。优生在考试上赢了这一次，他却可能失去了很多，从某种意义上看，他在人生路上已经失败了。大脑里装了很多知识不重要，重要的是，对生活的信心和热爱。我们要培养的是人，而不是学者，或知识掌握者。"

他说："我是校长，政府对我也没有任何考核，政府只看我的学校有没有人来读。只要有人来读，就说明我的学校办得很好。"

他又说："丹麦的小学是没有考试的！"他还说："在丹麦，允许孩子不去学校上学，但必须接受教育，即家长承担教育责任，也可以几个家长合起来办家庭学校。国家鼓励社会办这样的学校，还补助72%办学经费。目前丹麦有四五百所这样的学校。"

他还解释了"民众学校"的生源特点。年轻人完成了初中或高中教育，觉得需要一年"课间休息"，需要学会与人交往、与社会交往，于是就到这里来学习；有人读书读得没自信心了，可能就来这里；还有很多人觉得在别的方面有了困惑，也来这里。总之，和最初的民众学校不同，现在民众学校的使命不再是民主启蒙，而是人生导航。许多年轻人遇到人生的困惑，或找不到自己，感到自卑，便到这里来，学校让他们很顺利地找到人生标识，找回自己，获得身份的认同。

我想到了中国的教育。这样的学校在中国是没有的，因为中国教育只管实实在在的知识和文凭，什么"人生标识"呀"找回自己"呀，太玄乎了，太"不靠谱"了。但中国这样的学生不少，每年那么多孩子自杀，足以说明这样的学校在中国存在的必要性。

我再次想到了Mogens院长的话："大脑里装了很多知识不重要，重要的是，对生活的信心和热爱。我们要培养的是人，而不是学者，或知识掌握者。"如果每一位中国教师和家长都具备这样的理念，中国教育可能才算真正成功。

授课结束后，我和几位学员走出校园，来到原野里散步。丹麦据说每年大部分时候都是阴天，但没有阳光的原野依然美丽。大片大片的田野，如绿色的地毯潇洒地铺在大地上；田野边一排排整齐的大树，在灰色的苍穹下舒展着枯枝，如钢笔画一般素雅简洁。

走着走着，居然走进了一座古堡，哥特式的屋顶直刺天空。古堡的庭院内居然有一群漂亮的孔雀在悠闲地散步！我们惊喜地拿出手机拍照，它们不但不怯生，反而张开五颜六色的尾巴，阴暗的黄昏顿时明亮起来。

如果孩子受伤了，
家长会对老师说
"这是我孩子不小心发生的"

今天上午给我们上课的是我们所在的北菲茵学院的创办人，他是一位日本学者，名叫千叶忠夫。他结合自己在丹麦生活的经历和感受，谈他眼中的丹麦。

千叶忠夫先说："我很小的时候，我爸爸告诉我，中国人能够造山，给我讲了愚公移山的故事。我觉得不可能。几十年过去了，现在中国已经是第二大经济体，'大山'造成了，这座山就是经济的奇迹。我非常尊重大家。中国和日本过去有一些矛盾，我没有经历那个时代，社会发展已经有了变化，我们需要接受新的事物，这对日本对中国都很重要。"

千叶忠夫第一次到丹麦是 1967 年，历程异常困难，不但旅途艰辛，而且刚到丹麦举目无亲，没有住的地方，也没有工作。他首先要养活自己，于是在农场找了一份工作，养了

100多头猪。慢慢一步步在丹麦扎下了根，有了自己的事业，创办了学院。

千叶忠夫讲课的核心观点是，丹麦是世界上最幸福的国家，而幸福源于民主。在他看来，从表面看日本很民主，其实它的投票率只有53%；看起来人与人都是平等的，但日本比较偏重男性。而在丹麦，民主不仅仅体现在选举投票上，更体现在生活的方方面面，比如在学校，老师和学生可以自由交流，你甚至不知道谁是老师谁是学生。他说："丹麦人创造了自己的幸福！"靠什么创造幸福，就是民主、平等、自由。

他说，丹麦的孩子在学龄前很自由，什么也不用学，初中以下是义务教育，很少考试。丹麦只有一半的中学毕业生升入高等学校，另一半读职业学校。一半的学生不上大学，不是因为他们"考不上"，不是的，在丹麦是没有高考的。这上大学的一半人，是他们自己的选择，是根据学生的兴趣；另一半人上职业技术学校，也是因为兴趣。

千叶忠夫强调说："中日韩三国的学生上大学是为了文凭，日本高中毕业生上大学的比率是98%，丹麦才一半，可日本人没有丹麦人幸福。丹麦的孩子高中毕业就知道自己需要什么，而不是非考大学不可。丹麦上大学是免费的，上大学的人却不多。日本 98% 的人上大学，但能力并不强。我不是说上大学不对，而是说要根据每个人的情况自己去选择。日本许多家长认为，孩子要上大学，读本科、硕士、博士，才是好学生。在中国是不是这样的情况呢？日本上大学的人很多，但是不是有必要呢？"

这就涉及一个根本的价值观。北京师范大学的张燕教授插话说："在中国，人们普遍的观念是上大学才是有出息的，读职业学校就不光彩。"

千叶忠夫说，在丹麦没有这种观念，人与人之间都是平等的，这种平等意识深入人心，并体现在生活的方方面面。

他在丹麦，可以建立家庭托儿所，收五个孩子，国家还给经费补贴。这有点出乎我的想象，因为在中国是不允许私自办托儿所的。

他又谈到，丹麦的幼儿园特别注重孩子生存能力的训练与培养。他说："只有在用刀的过程中才知道刀是危险的。"意思是应该放手让孩子去尝试，去探索，去体验。他说，幼儿园应该教孩子生存能力，而不是计算啊，识字啊！在日本的幼儿园是不许种树爬树的，但在丹麦则是鼓励的。如果孩子受伤了，家长会对老师说"这是我孩子不小心发生的"。

听到这里，我大吃一惊，这在中国是不可思议的，因为中国最缺乏的是彼此的信任。千叶忠夫给我们讲了一件他亲身经历的事："我曾经在丹麦幼儿园工作，有一次一个孩子不小心把腿摔断了，家长却安慰我说：'这是孩子不小心，和你没关系，你别担心！'"

在丹麦的小学，语文、数学、英语、地理、生物等都要学习，但有的不测试，没有"通过"和"不通过"之说。"因为测试结果和学生无关，和老师有关，测试只是供老师发现问题的，根据测试中暴露的教学问题而改进教学。"他说。

说到 PISA 测试，他说："日本都比丹麦排位靠前，但为什么日本的幸福指数不如丹麦高？因为我们一直强迫孩子学，而学得好不一定幸福。"

丹麦的平等表现在很多方面。比如男女平等，丹麦的部长中，有40%是女性。丹麦的男人也要带孩子和做饭。大家觉得这很平常。

他给我们列了一个数据表，是丹麦税金的用途：行政管理费12%，警察防御费4%，教育费13%，保健医疗16%，文化、环境等4%，国民年金、休养、教育援助、住宅援助等44%，企业促进、运输、通讯7%。他说，税收用于政府管理机构运行的，只有12%，大部分税金都用于民生。

丹麦许多免费福利，比如给老年人提供免费公寓，都很宽敞，有两室一厅，也有三室一厅，设备齐全。卫生间里面的设备也为老人考虑得特别周到细心。

丹麦人的平均工资有一半上税。注意，是"平均工资"，也就是说，高收入的人可能交的税占工资的70%，低收入的人可能交税就比较少。另外，在商店买东西得交25%的消费税。丹麦的高福利，都来自税收。

每一年丹麦都有慈善周，搞各种慈善募捐活动，社会各界纷纷捐款，支持慈善。2018年2月，一周之内就收到78868425克朗（约8000万人民币），捐款者有500万人，要知道丹麦全国人口才500多万，也就是说，几乎全国的人都捐款了。乐于做慈善，这就是丹麦人从小接受教育的结果。实际上，丹麦贫富差距不大，穷人很少，所以这些捐款所得在丹麦用不完，于是这笔钱便用来支援世界各地的贫穷者。

他谈了对丹麦"幸福"的理解："在丹麦，幸福来自社会福利，而社会福利又源于民主主义的国家，即主权在民，国家是属于每一个国民的，这个国家的理念则是自由、平等、博爱。注意，这里的'博爱'不是一般人认为的爱别人，而是互相关爱，彼此共生，是一种你我相融的连带关系。而这种博爱一直贯穿于丹麦从小到大教育的全过程。"

听到这里，我非常感动！

他对"平等"作了解释:"在日本也讲平等,但这个平等是均衡的,实际上是平均;而丹麦的平等意味着互助性的平等,根据需要而予以帮助,差别化对待,对一些特别需要帮助的人给予更多的爱和关怀。这看起来'不平等',但恰恰是真正的平等。"

最后,他总结道:"丹麦,从摇篮到墓地都是福利。这个国家粮食自给自足,男女差距很小,女性就业率高,女性政治参与率高,腐败程度世界最低,能源可持续再生,是服务性的社会(志愿者很多,人人都为别人服务)……丹麦,是真正的民主主义国家!"

所有读过
安徒生童话的人，
都是他的孩子

　　下午，我们来到欧登塞，参观安徒生故居和安徒生博物馆。

　　安徒生故居位于欧登塞的一条小街上，是一座红瓦黄墙的平房。1805 年 4 月 2 日，安徒生便出生于这里一间仅有五六平方米的小屋子里。

　　其实，说这里是"安徒生故居"是不准确的，因为这并不是安徒生的家。解说员告诉我们，安徒生家里很穷，当时是其叔父借了自己房子的一间小屋，让安徒生在这里出生。因此，准确地说，这里应该是"安徒生出生处"。

　　连孩子出生都要借房子用——这房子里当时住了 25 个人——可见安徒生一家当时多么贫困。我们十来个人站在安徒生出生的房间里，非常拥挤，难以侧身。可就在这昏暗狭

窄的小小屋子里，却诞生了一位世界级的伟大作家。

离"安徒生出生处"的房子不远，是安徒生博物馆，这是一座二层楼建筑，里面陈列着许多图片、手稿以及展示安徒生成长经历的实物。在讲解员的带领下细细看了每一件展品之后，安徒生伟大的一生逐渐在我眼前清晰起来。

安徒生出生在丹麦菲英岛欧登塞的贫民区，父亲是鞋匠，母亲是洗衣工。在安徒生11岁的时候，父亲便病逝了。安徒生从小就为贫困所折磨，先后在几家店铺里做学徒。但他很小便展示出了艺术想象的才能，并对舞台艺术产生兴趣，所以14岁便前往哥本哈根，幻想当一名艺术家，当时他完全不能确定自己能够当歌唱家或演员或剧作家，但他心中始终有着艺术创作的梦想。历经曲折艰难，他成了一名伟大的作家。

以前我只以为安徒生是一名童话作家，今天在博物馆，我才知道他具有多方面的才华：绘画、剪纸、摄影等。博物馆里有多幅安徒生的自画像。他不仅仅是童话作家，还写下大量诗歌、游记，创作了多部长篇小说、剧本，还写了自传。当然，他最有影响的作品是童话。他一生中写了212部童话。

我还第一次知道了，安徒生喜欢旅游，曾经有九年时间不在丹麦，而在世界各地旅游。他也有自己心爱的姑娘，几次坠入情网，却始终得不到浪漫的爱情，终身未婚。1875年，安徒生因患癌症逝世于朋友的乡间别墅。

从安徒生博物馆出来，走在欧登塞的大街上，寒风凛冽，我忍不住瑟瑟发抖。但我的心里因装着安徒生而感到温暖。说实话，很久没有想到过安徒生了，而今天在这位伟大作家的故乡，我想到了以前读过的他的童话，似乎比过去更理解安徒生了——

安徒生是善良的。安徒生有一颗柔软而细腻的爱心，他来自底层劳动人民，有着劳动人民天然的淳朴的良知，因此他在精神上永远站在普通劳动者一边；他把全部情感都倾注到普通劳动者身上，赞美一切美好纯真的人物和情感。在《卖火柴的小女孩》中，我们看到他对弱者的无限同情；在《海的女儿》里，我们读到他歌颂美人鱼的美丽和善良，以及伟大的牺牲精神；在《拇指姑娘》的字里行间，散发着安徒生心灵的芬芳，这芬芳属于对自由光明的向往，属于一尘不染的纯真爱情，属于纯洁而高贵的心灵。安徒生没有自己的孩子，但他充满大爱的心里，装着全世界的孩子——所有读过安徒生童话的读者，都是他的孩子。

安徒生是向上的。《丑小鸭》几乎可以看作是安徒生的精神自传。丑小鸭受尽歧视，但依然顽强成长，最后成为美丽的白天鹅。这就是安徒生一生的写照。小时候的安徒生生活窘迫，11岁父亲病逝，他吃了许多苦，成名之前的他屡遭挫折，自卑感几乎伴随了他一生，但他从来没有放弃对美好生活的追求，没有放弃对艺术世界的创造。他以自己的勤奋与才华，为自己赢得了高贵的尊严与巨大的声誉。1867 年，即安徒生 62 岁那一年，他被故乡欧登塞市授予"荣誉市民"称号，整个城市的市民为他庆祝，举着火把游行，最后聚集在市政厅广场，对着站在阳台上的安徒生欢呼。安徒生以自己的童话告诉世界：理想不灭，人生不败！

安徒生是正直的。因为爱，所以恨；因为追求真诚，所以憎恶虚伪。在《皇帝的新装》中，安徒生以大胆的夸张，辛辣的讽刺，毫不留情地抨击了封建统治者的虚伪、欺瞒、愚蠢与腐朽，无情地撕下了皇帝、大臣们的虚假的外衣，将其丑恶的灵魂暴露在光天化日之下。但安徒生的笔锋不仅仅是对准统治阶层的，同时也毫不客气地对着苟且奉承的愚昧民众。无论是为了"尊严"说假话（皇帝），还是为了利益说假话（大臣），或是为了苟且说假话（百姓），在安徒生这里都是必须鞭挞的对象，在鞭挞的同时，他讴歌了小男孩可贵的童心。这是安徒生的正直之处，也是他的深刻之处。

在今天的中国，许多儿童不读安徒生了，这是我们这个时代的悲哀。但是我坚信安徒生的不朽。只要人类一天不放弃对真善美的追求，安徒生的童话就有着永恒的生命，散发出永远的光芒。

2018年3月15日

星期四　阴

"请问，
丹麦的学校
允许体罚学生吗？"

今天给我们授课的是一位华侨，现在在"安幼"工作，担任翻译，她叫郭斌。虽然她并非专业教育工作者，但因为生活在丹麦，对丹麦的教育包括社会生活都有自己的理解，所以她以"我眼中的丹麦"为主题，给我们分享了她在丹麦的生活感受。

郭女士曾经在韩国现代集团（中国）、宜家（中国）等跨国公司工作过。她感受到了韩国公司、北欧公司的不同文化。比如，在现代集团，亚洲文化突出体现在"等级"方面。而到了北欧公司就发现大家都很平等，没有职务高低的明显差别。哪怕曾经是世界首富的公司老板也没有一点显赫的做派，而很像一个普通的老人。在这样的文化氛围中，你会觉得人人被尊重，被信任。

郭女士来到丹麦是因为她的孩子在国内读书，学习负担重，压力过大，她担心影响孩子健康，因此随丹麦丈夫回到了丹麦。现在，在丹麦的学校里，两个孩子都觉得很快乐。

她这样概括对丹麦的印象——每一个人都是"大写的人"。

我理解，她说的"大写的人"，指的就是被尊重。在这样的社会，人人自由但守规则，民众自我管理，每一个人都有多样的选择，家长轻松，孩子被信任，社会阶层分化弱，社会上的志愿者很多，大家都做自己感兴趣的事情。

在丹麦，工作是为了生活，一切都是为了幸福快乐。

郭斌女士分享结束后，她的小姑子（丈夫的妹妹）安娜继续给我们作分享。

安娜今年 45 岁，有一个 15 岁的女儿和一个 13 岁的儿子。她在一个政府机构工作。这个机构专门帮助 18 岁以上有困难的青年人，为他们提供免费服务，并且还会根据他们的不同情况提供经济援助，让他们生存得好一些。丹麦的社会福利非常好，但安娜说国家为国民提供高福利也有两面性，造成了一些青年人产生依赖性，不思进取，混日子，反正 18 岁以前靠父母养，18 岁以后靠国家养，因此丹麦社会也存在流浪汉现象。

安娜女士是一个普通的丹麦人，所以她的讲述朴素而真实。她说她没有准备讲什么，大家有什么问题可以提出来，她有针对性地回答。

我第一个举手提问："我对丹麦充满敬意，它的文明，它的富裕，还有对人的尊重，等等，这其实是所有发达的文明国家的共性。好话我就不多说了，我想问的是，您认为丹麦社会有什么不足？提这个问题，是因为我得知丹麦有着很高的抑郁症患者比例，我就想，既然这个国家的幸福指数那么高，为什么还有那么多人患抑郁症？这是不是反映出丹麦社会也有一些问题？"

安娜答道："我认为，有可能是什么都太容易了，反而让一些人失去了自我奋斗的意愿。因为社会给你的福利太多，不必通过自己的努力就可以获得一切，这样自我实现的部分弱化了。因为丹麦人有很多的选择性，反而容易产生依赖性，凡事都寻求别人的帮助，而不是靠自己去做，这样就完全没有了作为一个人自我实现的成功体验。丹麦社会也在反思，一切困难都会有人帮，一切都变得很容易，这可能也是个问题。丹麦的抑郁症患者增多，也许这是一个原因。'最幸福'成了丹麦的标签，人们都说我最幸福，那么我不快乐我就想不通，于是便郁闷。丹麦画了一幅很美的社会画面给全世界看，却忘了内部的问题。还有，宗教意识的弱化也是原因。现在更加世俗化，许多人心灵没有归宿，自然感到空虚。所以有时候太容易，选择太多，反而缺乏内在力量和价值。"

张燕教授问："抑郁症与气候和地理环境有没有关系？"我理解张老

师的疑问，因为我也想过，丹麦常年缺少阳光，会不会使人的心灵产生阴影？

但安娜不假思索地回答："我认为没有关系。丹麦的地理位置和气候不是今天才有的，过去一直是这样，但为什么以前的人很少患抑郁症？所谓地理的原因，这是有些人给自己找的外在的'理由'，是借口。不应该把一切都推给环境，我认为还是应该找找人自身的原因。"

钟庆老师问："为什么丹麦有那么多人乐于奉献，有许多人还没有退休就去做各种志愿者工作？"

安娜说："丹麦人都认为助人为乐会让自己的形象更美，会更受人尊敬。在一个团体里，为别人做事，自我满足感更强。也有很多丹麦人在得到各种社会帮助后，想要回馈社会。至少 80% 的丹麦人都参与过或者正在参与各种志愿者活动。"

在许多发达的文明国家里，利他变成了一件很普通很自然的事。去年春节我和家人在韩国旅游，从网上预约了志愿者导游。先后有两位导游在春节期间陪着我们游览，并且很耐心地讲解。除夕那天，我们对男导游表示感谢和歉意，他却说："没有关系，我陪你们游玩，就免去了除夕在家里要干的许多活儿。"而这些导游完全是免费的，是为我们这些陌生的外国人服务。女儿曾经问过一位导游为什么愿意做这样的事，得到的回答是："我已经得到很多很多，应该回馈社会，为别人服务。"说得非常自然。

薛丹问："丹麦的犯罪率如何？对于犯人如何体现出平等与被尊重？"

安娜回答："我没有研究过，但我觉得不会高。我们国家的犯人待遇很好，许多监狱都如同三星级宾馆一般，只是少了一点自由，比如不可以随便喝酒。我们还有一些'开放的监狱'。好多犯人都在家里服刑，只是他是被监控的。"

孙青问："我从媒体上听说过这样的事，说许多丹麦人担心监狱里的犯人孤独，于是便买来手机，充好话费，扔进监狱给犯人，让他们方便沟通，减少孤独。有没有这回事？"

安娜说："丹麦有两个不开放的监狱，一个在哥本哈根，管理犯罪比较轻的罪犯；另一个在岛上，那里的犯人就是犯了比较严重的罪。你说的这件事，以前好像是有过，但属于个别现象，并不普遍。顺便告诉大家，在丹麦是没有死刑的，最高的刑法是16年。"

薛丹又问："我们那天参观幼儿园，感觉孩子们在幼儿园里都很自由。在家里，对于孩子有没有规则，比如不按时吃饭，该怎么办？"

安娜回答："一个家庭也是一个团队。既然是一个团队，就有团队的目标，以及合作规则，否则家庭运转会出问题。这个规则肯定是父母来定，不可能由孩子定。什么时候吃饭，是大人说了算，说六点吃饭就六点吃饭，过了点就没饭吃了。"

李梦洁问："幼儿园对孩子比较宽容，家里却强调规则，这个矛盾怎么解决？"

安娜说："幼儿园表面看是完全自由，其实也有很多规则。不管是在幼儿园还是在家里或是在社会上，其实我们都有许多规则，丹麦人很守规则，懂得尊重别人，还要为别人着想，因为每个人都是重要的。"

王艺蓉问："丹麦人怎么看待孩子的青春期问题？"

安娜说："对青春期的孩子，大人要退一步，站在孩子的立场想想。不要特别在意孩子的表情，要接纳孩子的一些情绪化和偏激，这是他这个年龄正常的情况。当然也不代表没有原则，如果孩子在行为上过分，也不可能被允许。但要给孩子空间，尊重他们。"

王艺蓉继续问："丹麦有'早恋'这个概念吗？"

安娜说："丹麦没有'早恋'这个词，孩子在小学期间就学习了性知识，学生谈对象是常见的事情。丹麦很自由开放，和性有关的信息到处都可以看到，也就见怪不怪了。性问题在丹麦只是一个类似于穿衣吃饭的日常生活问题。重要的是，我们要引导青春期的孩子对自己的身体负责，保护好自己的身体。人对别人的感受和感情是很自然的，我们从来不认为谁对谁有感情了，就是问题。所以，'早恋'不是问题，是一种人生的自然体验。"

郭纯洁问："您所工作的那个帮助年轻人的政府机构叫什么？经费是政府提供的吗？占政府总投入的百分比是多少？"

安娜回答："这是地方政府机构的一个部门，叫'教育和就业指导办公室'，经费来自政府拨款，源于税收。占比不好说，计算比较复杂。"

李梦洁问："这个机构帮助的对象肯定是 18 岁以上的人吗？这样需要帮助的人群在同龄人中占多大比例？"

安娜回答："18 ～ 30 岁的人。这样的人估计有 10%。"

李梦洁又问："对这些人所有的困难都帮助吗？"

安娜笑了："不是，比如失恋我们就不管。我们主要是帮助他们找工作，以免他们因为生活无助而走上犯罪道路，或变成病人，比如患上抑郁症。我们可以主动去帮助这样的人，也可能是他们的老师、朋友、父母等人打电话给我们，让我们去关心他们。还有许多志愿者，他们去酒吧等一些地方作调查，如果发现有人有问题有困难也会给我们打电话。"

马乐问："除了幼儿园和学校之外，社会上还有哪些教育资源可以提供给孩子？"

安娜说："有各式各样的俱乐部呀！"

马乐追问："这些俱乐部都是免费的吗？"

安娜说："付费很少。"

郭斌女士补充了一个例子："我儿子去一个足球俱乐部踢足球，半年交费 700 元。这对丹麦的普通家庭来说，没有一点经济压力，还有许多志愿者来指导孩子们踢球。"

马乐继续问："孩子在校外学习实践活动的比例占多少？"

安娜说："在丹麦，学生天天都有户外活动，哪怕天气不好。因为在丹麦的家长看来，天气不是问题，只是你穿着有问题，所以，孩子们会穿上防风雨服去雨地里运动。"

和徊良问："这里的小学体育有哪些课程？"

安娜说："游泳、手球、足球、篮球、体操……不同的学校也不一样，没有统一标准。"

和徊良又问："请问，丹麦的学校允许体罚学生吗？"

安娜不假思索地回答："不允许。"

郭斌女士插话："我来丹麦时，签订了在丹麦生活必须遵守的一份合同书，上面有很多项目，其中有一条规定是不能打孩子，我必须在这份合同上签字。在丹麦打孩子是违法的，包括家长。老师哪怕使劲拽一下孩子的胳膊，都是可以被开除的。"

我们无比惊讶，有老师忍不住问："拽一下学生，怎么被别人知道呢？"

郭斌说："前后左右那么多人怎么看不到？无论同学还是老师，所有人都知道这是违法的。"

安娜很干脆地说："没有发生过这种情况！"

秦晓燕问："听说丹麦大部分师范学校是私立的，那这如何保障优质的师范教育质量？"

安娜回答："不，大部分都是公立的。公立学校的老师都是有国家编制的。嗯，就相当于中国的公办教师。"

张银霞问："丹麦有没有各种校外培训机构？"

安娜说:"有啊!有很多这样的机构,就看孩子喜欢什么了,比如音乐、美术、表演等等,家长们只需要交很少的钱,孩子们就可以去这样的机构学习。政府对这些兴趣培训机构都有补贴的。"

我意识到,安娜说的是各种俱乐部,而张老师问的"校外培训机构"是指类似于中国的"学而思"那样的学科辅导补习机构,或各种奥数班。

于是我直接问:"有没有课外补习性质的机构?"

安娜回答:"也有。如果少数孩子有某方面的天赋,学校不能满足孩子的需要,也可以在外面学习。那些机构是私立的,也有国家补助。总之,孩子的选择性很多。不过去之前,家长一定要问孩子是不是需要,是不是愿意,一定要尊重孩子,让孩子做他喜欢的事。"

说了半天,还是和中国不一样。虽然丹麦也有辅导机构,但是,第一,不是所有孩子都去(为了升学加分);第二,去与不去是孩子的意愿,而非家长的意愿。

无论生活在丹麦的中国人郭斌女士,还是丹麦本地人安娜女士,因为她俩都不是专业的教育者,只是普通的老百姓,所以他们眼中的丹麦教育更真实。

下午,学院组织我们参加绘画、珠宝制作等手工课程,我参加的是珠宝制作。在一位老师傅的指导下,我穿上工作服,系上围裙,煞有介事地拿着一块石头在打磨机前打磨抛光,这是我生平亲手制作的第一块——其实,极有可能也是最后一块——"珠宝"。

"丹麦是一个女权社会，女人在社会上地位很高"

　　早晨起来出门一看，哇，居然有蓝天，虽然这蓝天不过是灰色苍穹上的一小块，但正因为只有一小块，才显得格外夺目。不一会儿，那个蓝色的窟窿里居然斜斜地泻出一抹阳光！这是我们到丹麦一周来第一次看到阳光呢！

　　不一会儿，蓝天逐渐扩大，虽然大片的阴云依然布满了天空，但阳光冲破厚厚的云层，正一点点地将阴云驱散，于是我的眼前出现了这样一幅画面：近处脚下，是低矮的枯草，枯草前方，是大片披着薄薄绿茵的土地，好似绿色的湖面，"湖对岸"点缀着稀稀落落的农舍，农舍的周围是小树林，高低错落的树梢，在原野与天空的连接处勾勒出黑色剪影。往上看，染上阳光的云团在缓缓移动……

大家都在欢呼："终于出太阳了！"

但很遗憾，我们吃完早饭去教室的时候，天又阴下来了。

今天给我们上课的老师叫 Johannes Dragsbaek Schmidt，他是丹麦奥尔堡大学的教授，还有着"欧盟顾问"之类的一些头衔。据安徒生国际幼儿师范学院创始人董老师介绍，他在丹麦是一位比较活跃的学者，经常上电视做一些时事评论类的节目。

他用中文问了"你好"后，便说他第一次到中国是 1982 年，他是第一个促进丹麦奥尔堡大学和中国人民大学建立合作关系的牵线人。他去过中国许多地方：北京、成都、西藏、上海、西安、北戴河、山海关、兰州、嘉峪关、敦煌……特别喜欢中国。

他说自己年轻时在幼儿园当过老师，在全世界很多地方都做过和孩子有关的事。

他讲的话题范围很广，从中丹文化的角度比较两国的幼儿教育。不知是因为他的"学院派"教授风格，还是由于翻译的原因，他的笔记很不好记。不过，我还是断断续续地记录了他的一些观点：

就文化观念而言，丹麦男性比较保守，女性更希望变化，希望获取更多的权利。丹麦是一个女权社会，女人在社会上地位很高。许多男子在家做家务带孩子，而妻子出去从政经商抛头露面的比比皆是。

丹麦女性就业率是全球最高的。18 ～ 60 岁的女性中，97% 都在工作，其中 30% 是全职，她们很享受工作带来的乐趣。在丹麦文化中，没有祖父母照顾孩子的说法。因为 70 岁以前祖父母也在工作。

他知道独生子女制度在中国实行多年后，中国政府看到了社会老龄化带来的问题，所以现在中国有了"二胎政策"，并且，随着经济的发展，中国政府也开始重视幼儿教育了，这是社会进步的一个表征。高质量的幼儿教育，会为儿童将来的人生幸福和社会和谐奠定基础。

他说"教书匠"和"教育家"是不同的。教书匠是按自己的想法去教孩子，如同泥塑一般，并没有把孩子当成有灵性的独立的人；而教育家是把孩子看成有思想的独立的人，尊重并引领他成为独具个性的人，教育家懂得把孩子当作孩子，懂得与孩子进行思想的交流。

他强调，幼儿教育应该基于一个原则：尊重儿童，把儿童当作大写的人来尊重。

从孩子一出生，家长和幼儿园老师就应该有这样的意识：让孩子成为他自己，不要去灌输所谓的知识，这样的知识是死的，而要去引导孩子找到自己的兴趣，自己去发现知识，这样的知识，才是有价值的。非教不可的内容，也要用玩的方式去教。比如算数"2+2"不是在教室里让孩子死记硬背，而是老师在游戏中不经意地说"2+2=4"，多玩几次这样的游戏，孩子们就轻松地知道了许多数学常识。这是丹麦人教孩子学算数的一个简单例子。

再比如，中国孩子画画，力求画得标准。因为老师就在教他们画画的技巧，而不是让他们从中找到画画的兴趣，并按照自己的意愿画出自己心目中不同的形象。中国孩子画的不是孩子心里的画，因为他们被告知鼻子必须这样画，眼睛不能那样画，条条框框限制了孩子的思维，他们画出来的都是同一种审美观下的画面。这和中国传统文化、家庭以及幼儿园教育方式有关，这种教育方式往往不是以孩子为中心，而是以老师为中心、家长为中心、社会为中心，培养出来的都是整齐划一的人，他们有了共性，却少了个性。

而个性是产生创造力的关键因素，中国社会组织严密，等级划分严重，中国人重面子，这些因素也是导致中国孩子听话却创造力不足的一些原因。

另外，他还发现中国孩子被过度娇惯，而相对富裕的丹麦孩子却更能吃苦，更有冒险精神。他认为这也是影响中国孩子创造力的一个因素。中国家庭重男轻女，太严肃的辈分关系，过分强调顺从和忠诚，也是阻碍儿童创造力发展的一个因素。

有学者归纳中国教育模式的演进是：1903—1919 年，日本模式；1919—1949 年，美国模式；1949—1978 年，苏联模式（集体主义，学科划分，从上到下的灌输）；1978—2006 年，姑且叫"西方模式"；2006年至今，中国模式，中国在力图成为一个创新型国家，而影响创造力的，往往是在幼儿阶段孩子们养成了什么样的思维习惯和行为习惯。

像丹麦一样，正处于变化之中的中国女性更期待独立，更期待变化。这些都会反映到教育上，反映到早期教育上，这会带来一个好的结果，减少性别歧视。

Johannes 知道目前中国教育不均衡与贫富差距有关。留守儿童跟着祖父母生活，教育断代了，这种家庭教育的缺陷，会导致这些儿童的人生幸福指数降低，还会在未来产生较大的社会问题，也许他们会成为影响社会和谐的因素。

邓小平说让一部分人先富起来。现在中产阶级在物质上富起来了，但他们需要更多幸福感，需要给孩子更多的优质早期教育。他们最大的焦虑，在医疗保健方面，在孩子的教育方面。而在丹麦，阶层划分不明显，所有阶层的人，都不会有这两方面的担忧。

丹麦人害怕过度强调
安全而束缚儿童手脚，
影响他们的创造力

　　Johannes 教授说，丹麦幼儿园不属于教育体系，而属于社会福利部门。丹麦日托中心收 0 ～ 3 岁的孩子，在日托中心，儿童可以按照自己的想法去创造自己的生活，这里没有课程，就是玩。幼儿园的儿童是处在 2 ～ 6 岁间，幼儿园和小学也没有关系，其组织方式也和学校不一样。幼儿园是以游戏为中心，丹麦的中小学也都没有升学考试一说。

　　在幼儿园，孩子自由地玩，没人告诉他们应该怎么玩。所有幼儿老师都是蹲下来和孩子说话。当然，这并不是说，自由意味着他们想干什么都行。很多活动是老师来组织的，比如一块儿烧饭，一起到森林里旅行。老师也鼓励孩子们自己去创造游戏，只要在一定的安全范围内即可，丹麦人害怕过度强调安全而束缚儿童手脚，影响他们的创造力。丹麦幼园里没有特别固定的学科，但游戏活动里却包含了许多知识。丹麦幼儿园是孩子们的社交场所，跨不同年龄阶层的孩子们在一起游戏，就有了许多价值点，比如，大孩子带小孩子玩，就培养了大孩子的责任心，小孩子和大孩子在一起，就有了一种依赖感和信任感，这对于创建和谐社会，就起到了春雨润物细无声的作用。

此外，丹麦幼儿园还有很多活动，如孩子可能会自己编一个小剧，请家长和老师来看。在这样的过程中，孩子们会自己设计玩什么，怎么玩，和谁一起玩，等等。在玩的过程中，他们的身体素质好了，各种能力也都增强了。

丹麦的幼儿师范教育为三年半，有半年实习。上师范有门槛，但不是考试，而是看你有没有幼儿教育的经验，以及是否有从事幼儿教育的热情。丹麦上大学没有高考一说，但他们要看你的中学成绩记录，以及你写的上大学的申请书和社会实践记录等，从中找出你的潜质所在。

Johannes 强调：教育要远离体罚，用更民主的方式来解决分歧和冲突，培养孩子自己作决定的能力，这么做就奠定了丹麦民主的基础。

他还说安徒生不只是对儿童有影响，对整个丹麦社会都有影响。他的童话故事是社会现实的反映，能够引导人们克服困难，勇敢地往前走。

说实话，我认为 Johannes 讲授的课并不精彩，因为他并没有给我提供太多新的理念，什么"尊重孩子""让孩子成为他自己"等等，都是众所周知的教育理念了。但他给我们介绍了这些理念在丹麦是如何践行的，更重要的是我能够感受到他的善良真诚和对儿童的爱，这折射出了大多数丹麦人的修养。

他讲到了在中国经历的一件事：一天下午，他和家人在青海公路旁的一个家庭饭店里吃饭，当时饭店里只有他们一家人和董老师的朋友在用餐。一个患唐氏综合征的孩子从后面的厨房蹒跚着走到了餐厅里，这个孩子看起来很羸弱，一副病态。孩子的父亲担心这会影响他们的食欲，于是，就大声呵斥孩子回到后厨。Johannes 看到了这一幕，便对其父亲说，这样对孩子不好，还是让他出来吧，多和人接触，有利于他的心理健康。

董老师讲了一件他亲身经历的事，补充说明 Johannes 的善良。2002 年的时候，有十几名中国学生通过中介来到丹麦奥尔堡大学，在 Johannes 任系主任的那个系学习。后来他发现其中大部分学生根本听不懂课，原来是中介帮他们集体作假。遇到这种情况，学校完全可以开除学生，把他们退回中国，在美国和欧洲许多国家遇到这种事都是这样处理的，但 Johannes 想到这些学生回到中国会很尴尬很艰难，便决定保留他们的学籍一年，让他们先去学英语，一年后语言过关了再来学习。一年后，有几位学生回来复学了，另外一些学生也找到了新的出路。

讲完这件事，董老师感慨地说："Johannes 在印度一个慈善机构工作的时候，因重病被获得诺贝尔和平奖的修女特蕾莎救治过，慈悲的种子种进了他的心里。后来，他在联合国教科文组织工作过，拥有许多丰富的人生经历。我尊敬 Johannes 教授，不只是因为他的学问与阅历，更是因为他的为人。从他身上，我看到了丹麦人的善良，也因此对丹麦人产生了极大的尊敬！"

我们都情不自禁地鼓掌，为 Johannes 这种人间淳朴的善与美喝彩！

早晨的阳光如昙花一般，稍纵即逝，中午天空还飘起了雪花。可是，没想到下午快下课的时候，太阳出来了，整个天空几乎都是蓝色的。我拿着相机来到原野，风依然强劲，不一会儿手便冻疼了；但眼前的景色，就像明信片一样明丽。

几幢稀疏的房子坐落在原野上，这便是我所在的安徒生国际幼儿师范学院。没有围墙，校园便无限广阔，与自然融为一体，充满诗情画意。蓝天上的云团似乎被阳光烘烤，正缓缓融化。有的云团，犹如白色的骏马在天地间奔腾；不一会儿，云团被风吹碎，如鱼鳞一般排列在蓝天上，苍劲的大树将枯枝布满天空，如钢笔画一般；有一个池塘，倒映着清爽的小树、尖顶的农舍和天空的白云；池塘边，芦花在风中俯下身子，似乎要亲吻水面。远处，一座童话般的茅屋静静地矗立在夕阳的余晖中，黄色的墙面在暮色中格外醒目，屋旁一棵树的枯枝上挂着一朵白云，恰如撑起一束白色的花；再将目光越过黄色的枯草和平坦的土地投向远方，天地交接处，隐约的房舍和树林之上，云彩好似花朵怒放，天空正在燃烧……

我们在丹麦
体验了一次
示威游行

　　照例六点半就出门了，看看天气如何。推开宿舍门，发现西边的天空上一抹红云，不禁一阵惊喜。回头看，东方已然霞光满天。来丹麦一周，看来终于有一个完整的晴天了！

　　宿舍后面是一排小树，树与树之间枝蔓交通，密密的树干和树枝把自己的剪影印在绯红色的天幕上。慢慢地，小树林中间有一束光，仔细看，圆圆的太阳藏在小树林里面，似乎正在挣脱枝丫的束缚往上涌动。

　　我赶紧跑到一个高坡，支上三脚架固定相机，镜头对准树林中那个不规则的亮亮的圆盘。太阳终于挣脱了束缚，阳光像利剑一般刺破树林，射在绿色的草地上。太阳越升越高，终于整个天空都属于她的了。

　　宿舍外面，是一大片枯草，枯草连着一望无际的绿色原

野，原野的尽头是隐约可见的房屋和树林。房屋和树林的上面，是辽阔的天空，天空上是染着橘红色阳光的云朵。

眼前分明就是一幅油画。我走下小坡，进入原野。拖拉机轮子碾过的辙痕，先在眼前划过一道道弧线，然后笔直地伸向远方。

　　在辙痕的尽头，又是一排精神抖擞的树，正沐浴着阳光在原野上自信地挺立着苗条的身姿。在原野的另一侧，也是一排小树，因为阳光直射其上，每一棵树都像一把火炬，树树相连，原野边晃动着红红的火焰。

　　我向公路边走去，沿路的风景美不胜收。小屋、篱笆、池塘、树林、

蓝天、白云、飞鸟……

不用取景构图，随便一拍，都是明信片。穿过马路，前方有一幢黄墙黑瓦的房子孤独地矗立在蓝天下，尖尖的房顶让人想到童话。房屋旁边是一棵大树，枯枝弯曲地伸向天空，天空刚好有一朵同样孤独的白云，和小屋亲切呼应。

再往里面走，我来到一座古堡，据说曾经是王宫。瀑布般的阳光，倾泻在红墙尖顶的古堡上。古堡旁边有草坪，有池塘，有灌木丛。更妙的是还有好几只孔雀，彩色的羽毛被阳光梳理得格外柔顺，它们见了我一点都不怯生，更不躲避，而是盯着我一动不动，似乎一边思索一边问我："客从何处来？"

今天是周六，所以没课。但 Mogens 院长给我们安排了一件事——当然官方辞令不叫"安排"而叫"邀请"。他邀请我们去欧登塞市参加一个游行。

是这样的，随着一些国家和地区的战乱，丹麦也涌进了一些难民。这些难民有一部分是联合国难民署分配的——每年 500 人，还有一部分则是

通过种种非法渠道入境丹麦的。

目前丹麦是右翼政党执政，他们出台的种种政策对难民很不公平，对非法入境的难民更是苛刻，比如做同样的工作，非法难民的收入只有合法难民的一半。

我从网上了解到，2016 年丹麦公然拒绝了联合国关于接收难民的配额倡议，表面上称之为"暂停"，实际上是永远不会配合此项计划。同时也谢绝了欧盟的摊派，从此英美媒体开始围剿讨伐丹麦。作为回应，丹麦政府授权本国警方，如果入境的难民被查出身上携带有超过 1300 欧的财物，则被视为以欺诈方式入境，可强行予以没收。2017 年丹麦政府未能顶住来自全世界的"极左"舆论压力，宣布接受 2365 名难民入境，但心不甘情不愿的，也没有全部授予居留权。此举在国内引起轩然大波。

3 月 21 日是"国际消除种族歧视日"，丹麦许多民众出于人权、平等、公正的理念，决定提前到今天这个周末举行游行，公开反对政府当前的难民政策，为包括非法难民在内的难民奔走呼告，捍卫他们的权利。

中午，我们来到欧登塞市中心的一个小广场，其他参与游行的团队也

聚集于此，他们扛着旗帜，拉着条幅，举着标语。游行前，先是几位的演说，其中一位女演讲者是欧登塞市分管教育的副市长，还有一位演讲者是难民代表。

在集会人群中，我看到一位估计有80多岁的老太太，在寒风中，她一直颤巍巍地站着，认真倾听演讲。

演讲结束后，大家开始游行，喊着口号走过几条街，中途几次停下来作演讲。我们还遇到了另一个游行的队伍，他们是素食主义者，游行的目的是呼吁停止宰杀食用动物。两支队伍互不干扰。这样持续了一个多小时，游行结束。

在游行过程中，有一位稚气未脱的小伙子的演讲特别打动人，虽然我们听不懂他的语言，但从他的表情、他的手势，我们可以感受到他的激情。后来从帅男和他的简单交流中，我们得知小伙子只有20岁。

这更让我们感慨——20岁的小伙子竟然有如此社会责任感，实在是

让我们肃然起敬。我们得到了他演讲稿的中文版，其中有这样的语句——

为什么我们今天在这里？为什么我们选择国际消除种族歧视日？我今天在这里是出于同样的原因，因为我对政治感兴趣。出于同样的原因，我自愿参加集会。

我今天在这里是为了参与反对政府的战斗。在我看来，没有比偏见更危险的了。这是一种偏见，它是仇恨的根源。这是暴力背后的偏见。这种偏见的根源在于缺乏自由。

今天我们在一起，为我们的偏见而战。

当我们在暴风雨的海洋中航行时，我们的世界有时会摇摆，而不是我们的罗盘。

我挣扎着，我希望给他们更多的回旋余地、机会和可能性，给他们更多的空间来展现他们的潜能。

只有当我们承认他们也是人，才会自由，有生命，有爱。

　　我们决不能让自己被盲目的恐惧夺走，如果我们不是一个坚定的人，那我们就被绊倒了！

　　作为一个社会，我们需要确保尽可能多的孩子在安全的情况下成长。

　　我们有骨气！当我们看到社会正朝着错误的方向前进时，我们应该大声疾呼。

　　我们必须确保我们的政治家们感到有义务履行国际公约和维护人权。

　　……

如果不是学校的安排，我不会有这样一次体验丹麦民主的机会。在整个过程中我非常感动，也很感慨。感动的是丹麦民众的大爱，本来他们和难民素不相识，但他们却那么努力地为他们的生存权利呼吁。为合法难民呼吁权利还好理解，可他们还为非法难民呼吁，希望政府给予他们同等待遇，同工同酬。在他们看来，虽然这些难民是非法的，但他们也是人，是人就应该享有基本的尊严与权利。

我又想到那个老太太，她图个什么？说到底，是人的良知使然。

对我们这群"外国人"来说，参加这次游行纯粹是"好玩"，最多是一种体验。但在这"好玩"的体验中，我也深有感触。

丹麦政府的难民政策是否正确，我不作评判，也无法评判。也许政府也有政府的道理，而且我相信相当多或者说更多的丹麦人可能更拥护政府的决定，而这些游行者只是少数人，可能他们代表的并非主流。但让我感慨的是，丹麦社会的有序而多元。人们可以自由地发出不同的声音，哪怕非主流人群都有发声的权利。任何社会不可能也不可以什么都"高度一致"，绝对存在不同的声音，而让所有不同的声音能够发出来，这才是正常的社会。

傍晚回到安徒生国际幼儿师范学院时，天空正浓墨重彩，好似两军对垒，正短兵相接，让我想起鲁迅先生的诗："大野多钩棘，长天列战云。"

今夜
星光灿烂

2018年3月18日

星期日 晴

今天依然是一个晴朗的好天气。

早晨，在屋内健身后走出屋外。天上的大朵大朵的云彩正在绽放。于是我把手机固定在教室窗口，朝着天空拍延时摄影。

几十分钟后打开看，天上大片大片的云在奔涌，在翻飞，地上的草在微微颤动。

周日没课，但Mogens校长还是给我们安排了丰富的活动。他带我们坐上大巴去几十公里以外的海边小镇看一个艺术博物馆。

这个博物馆，主要陈列的是雕塑作品，包括陶瓷。展品既有传统的写实作品，也有前卫的抽象艺术。

但最能打动我并让我赞叹的，是这个博物馆的环境。博物馆不大，就一幢三层红色小楼，造型如教堂一般。

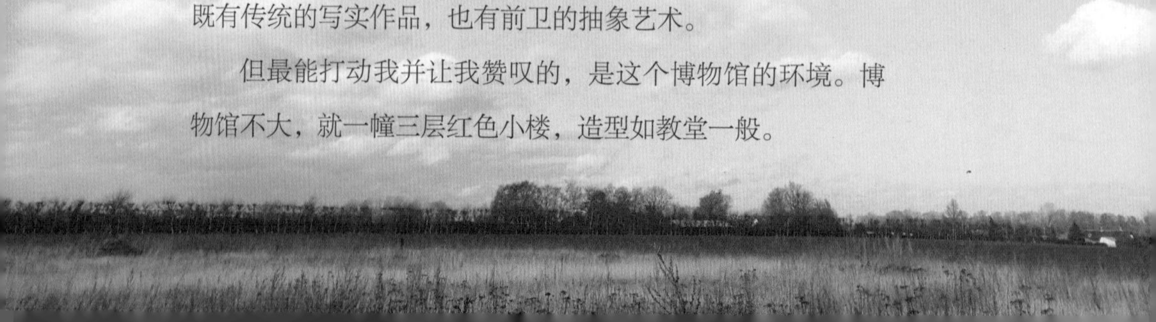

　　面朝公路，公路两旁是树林，博物馆周围是大片天然草坪，草坪上点缀着几件雕塑。博物馆后面的草坪是一个缓坡，顺着缓坡往下走，便走到海边了。

　　其实，刚才在展厅里透过玻璃窗，我已经远远地看到了墨绿色的大海。走近海边，泛着阳光的排排波浪，正从远方滚滚而来，到了我的脚下，和岸边巨大的鹅卵石相碰，激起白色的浪花。

　　岸边的鹅卵巨石也是白色的，因为裹着厚厚的冰，有的地方还有下垂的冰柱。我想到苏轼的名句："惊涛拍岸，卷起千堆雪。"

　　而此刻的岸边本身就堆着雪，所以眼前的景色是雪花般的海浪拍打着岸边的积雪，彼此映照，在阳光下格外晶莹透亮。

　　一群群水鸟——可能是海鸥吧，在海面轻盈地翻飞着。或者低低地贴着海面飞翔，间或掠过水面，翅膀激起细细的浪花；或者一跃而上，冲向高处的白云，在天空中舒展双翅，其矫健与敏捷，如闪电一般。

　　蓝天如洗。一架飞机飞过，长长的白练如利剑划过长空。

回到安徒生国际幼儿师范学院已经是两点半，稍事休整，三点钟，董老师便带着我、和徊良和郭纯洁老师前往市区。

只有四公里，我们决定骑自行车去。学院有免费的共享单车，我们四个男子汉各骑一辆，沿着公路朝北菲茵市进发。

一路风景如画——我知道"风景如画"这个词太俗了，但要简洁地形容眼前的景物，没有什么词比"风景如画"更好。

骑过一段弯弯的公路，看到路边有一塘芦苇，正在风中摇曳。摇曳的芦苇掩映着路边的一尊人物塑像。

下车一看，这不是安徒生吗？董老师告诉我们，这里是安徒生高尔夫俱乐部，所以特意塑了一尊安徒生的坐像。

此刻，打着赤脚的安徒生静静地坐在这里，神情平和安详，仿佛是经过一段旅途，有些累了，坐在这里小憩。我们一一和安徒生合影。

　　然后我们继续前行。骑了大概二十来分钟吧，我们进入了一片房屋相对密集的地区，董老师说，这就是北菲茵市。他指着远处一个尖顶房屋说，那就是市政厅。

　　我们感到非常吃惊，好歹也是一个市啊，怎么这么清净，街上一个人都没有？说是"街上"，其实哪有"街"啊？

　　路两旁就是一幢连着一幢的红色小屋，这些房屋造型极为简略，但特别洁净，在蓝天下如童话小屋一般。

　　董老师带我们来到他20年前做志愿者时服务过的民众学院。

　　走进校园，也没有中国那种"校园"的感觉，大片绿地，处处树荫，间或有几座并不高大但造型别致的房屋，还有路边随处可见的各种小雕塑。

　　这次来我最大的感受之一，就是丹麦的学校太"随意"了，太自然了，太原生态了。

　　我们来到海边。弯曲的海岸线上，有一条长长的白带，仔细一看，是冰凌。原来这是海水退潮后留下的印迹。

　　远方可见海中漂浮着冰块。一群一群的海鸟在海面上舞蹈。

　　董老师又带我们来到一幢黄墙红瓦的平房前。这幢不起眼的小屋，是安徒生外婆家。这里留下过童年安徒生的足迹。

屋檐下有数字"1770"，这是房屋建造的日期，距今已近250年了。这么有历史价值的老房子，现在还住着居民。

董老师说，他曾经建议北菲茵市政府将这里建成一个博物馆。

随董老师短暂拜访了他的一个华侨朋友后，我们来到博恩瑟港口。虽然阳光依然灿烂，但风特别大。我沿着海堤往前走，似乎站不稳，帽子都快被吹掉了。

这里的海浪也很大，特别沉重，因为是"冰浪"。我搞不懂，为什么海面结冰了，居然还有浪。

这些冰浪涌到同样结着厚厚冰层的海岸后，一点力度都没有。"冰浪"温柔而缓缓地亲吻着"冰岸"，都是一家人，没必要"惊涛拍岸"。

太阳开始西下，我们踏上返程路。一路上来时看到的景物，此刻因为夕阳余晖的映照而更显妩媚。

一片原野上，两头牛在吃着草，踱着步，优哉游哉。背后的夕阳，用逆光给两头老牛画了一个金色的轮廓。

　　一周没吃中国饭菜了，大家都觉得受不了。所以今晚上女老师们在食堂包起了饺子。

　　虽然只能就地取材，也没有可口的调料，饺子的味道比国内的还是逊色一些，但比起丹麦的一日三餐，那简直就是上等佳肴了。

　　更重要的是，我们端着煮熟的饺子一一走到各个餐桌前，请丹麦师生吃，弘扬中华传统美食，也算是显示了我们的文化自信了。

　　晚上，董老师、和徇良校长、郭纯洁老师和我一起聚于教室，和校长拿出下午在北菲茵市买的酒请大家喝。

　　我虽然不喝酒，但也抿了一口。不一会儿，其他老师也来了，越来越热闹。

　　我看外面星空灿烂，便出去拍星星了。我以前没专门拍过星空，所以刚开始老对不准焦，后来经过和张帅男一起研究终于拍出了还算美丽的星空。

　　而教室里，喝了酒的老师们开始狂欢，一首歌一首歌地唱，直至凌晨零点过。

"让童年本身
具有价值"

今天依然是晴天。

上午，Mogens 院长给我们上课。

一开始 Mogens 院长就公布了他今天谈的两个主题：一是丹麦的家庭教育，二是美国学者霍华德·加德纳在 80 年代

提出的"多元智能"理论。

他给我们讲丹麦的家庭教育，实际上讲的是一位丹麦作者写的《跟丹麦父母学幸福教育》一书中的观点。这本书是最近出版的，很受读者欢迎。该书作者用英语单词"PARENT"（父母）总结幸福秘诀，即"丹麦教育六原则"（P-A-R-E-N-T）玩耍（Play）是儿童成长和身心愉悦发展的基础；诚实（Authenticity）有利于培养孩子的信任感，使其找到属于自己的"心灵指南"；重建（Reframing）帮助孩子应对挫折，以积极的眼光看待事物；共情（Empathy）让孩子能友善地对待他人；不下通牒（No ultimatums）即没有亲子间的对抗、界线和不满；惬意相聚（Togetherness）是无论在特殊时刻还是日常生活中都适宜的家庭聚会方式，丹麦人称之为 hygge，这是一种既简单又能加强彼此亲密关系的相处方式。

关于多元智能，Mogens 院长介绍了加德纳提出的九种智能范畴：语言智能，逻辑数学智能，空间智能，肢体运作智能，音乐智能，人际智能，内省智能，自然探索智能，存在智能。

然后 Mogens 院长让我们作了一个智能自我检测评价的小调查，让大家看看自己偏重或者擅长什么智能。

下午给我们讲课的是一位 37 岁的年轻学者 Michael Hall Larsen。他主要给我们分享他做幼儿教育的一些经历。他本科学的是社会教育学，后来读管理，现在正在读 MBA。他有 15 年做教育的经验。最近五年是作为管理者在幼儿园工作，更多关注 0～6 岁的孩子。

他说，丹麦幼儿园是教育和看护 0～7 岁孩子的场所，发展孩子的独立性，让他们身心全面发展。1987 年，幼儿园的整个运营变为公共开支，根据家长的收入进行减免，保证所有的孩子都有上幼儿园的机会。丹麦幼儿园每周开园 40～60 小时。幼儿园开办的任务，是根据公众需求设

定的。所有的家长委员会的愿望作为补充。每天的具体工作由幼儿园来设定。60% ～ 65% 的幼儿园老师都是本科专业人士。

他特别强调，德国教育家福禄贝尔的思想是幼儿园办学的思想基石。这个基石就是"让童年本身具有价值"。他认为，孩子不只是一个必须长成大人的孩子，孩子本身要享受他的童年，因为童年不会重来。

他说，丹麦的第一所公立幼儿园是 1901 年由一对夫妇建立的。当时是半天的幼儿园，其运作是有公共体系支持的。他又给我们介绍了丹麦人的儿童观——

我们把每个孩子看作独特的个体。孩子应该有创造力，有研究能力，必须受到挑战，每天都有一个小目标。

父母对孩子最关键，对孩子的成长负首要责任。父母对幼儿的教育是平等合作的基础，相互理解相互合作。

所有孩子都需要在团体里发展，都有最基本的需求，要有情感的关怀。幼儿园的任务就是要创造这么一种环境。让孩子在这种环境里获得平等和安全的交流。

幼儿教育者都应该有好奇心，知道孩子在想什么。孩子必须见到对他们充满好奇心、兴趣、关心的成人。成人可以帮助孩子玩耍。

我们一定要意识到，我们在孩子面前是一个示范角色。成人在孩子眼里，都是模仿的对象。我们可能会说一套做一套，但孩子更多的是看你做的，并向你学习。

应该有极具专业素质的教育者给孩子以最好、最适合的帮助。根据每个孩子不同的需求来计划他每天的生活。

……

课间我和董老师聊："说实话，无论是 Mogens 院长讲的丹麦人的育儿理念、加德纳的多元智能理论，还是下午 Michael 老师讲的幼儿教育，其实都不新鲜，中国许多人也有这些理念。"董老师一语中的："关键是人家把这些理念落到了实处，做得很好。"我特别赞成董老师这个观点。

我想到了几年前在美国考察学习时，写过的一篇谈中美基础教育的文章《说的与做的》，其中有这样的话——

中美基础教育的差别，在于美国不但说而且也做，中国则往往只说不做。

就拿"以学生为中心"的理念来说，我们从上世纪 80 年代开始，就强调"以学生为主体"，这个观念够领先了吧，甚至可以说很超前呢！大概是十多年前，国家开始新课程改革，于是"新课改"成了中国基础教育最响亮最时髦的词儿。当时为了"转变观念"，有关部门还出版了一本名为《为了中华民族的复兴　为了每位学生的发展》的书，该书在谈到课堂上平等互动的师生关系时这样说道："我们相信，在这样的师生关系中，学生会体验到平等、自由、民主、尊重、信任、友善、理解、宽容、亲情与关爱，同时受到激励、鞭策、鼓舞、感化、召唤、指导和建议，形成积极的、丰富的人生态度与情感体验。"看看，这些话拿到今天的美国课堂上，肯定也是新观念，可我们十多年前就有了。但近30年过去了，中国的课堂如何呢？基本上不还是教师独统天下吗？

因此，我越来越认为，就基础教育而言，中美差异主要不在观念，而在行动。甚至可以说，在理念层面，中国和美国的教育者已经达成共识：要尊重学生，要围绕学生的学来设计教学，要因材施教，要鼓励学生参与课堂，激励学生大胆发表不同的看法……但虽然基于同样的理念，中美各自的课堂却呈现出截然不同的情况。

美国的课堂上，学生活泼、自由、积极、舒展、无拘无束，老师围着学生转。而中国的课堂呢？基本上还是

下面的学生坐得整整齐齐，老师一个人站在讲台上。这样便于老师讲，学生听。除了中间有时候老师会提些问题让学生讨论回答外，基本上还是老师一讲到底，甚至常常拖堂，明明下课了，老师还在喋喋不休地强调这个"关键"那个"重点"，唯恐有所遗漏。

其实这些老师不是不明白"以学生为中心""教师的教是为了学生的学"之类的新理念，如果是写总结，或者写论文，他们大都会把新课改的理念说得头头是道："学生主体"呀，"以人为本"呀，"师生互动"呀，等等。可惜这些理念总是停留在纸上。

......

我的这个判断同样适合于对中国幼儿教育的评价。

课后，我骑自行车去周边的原野上拍照。

没有刻意的景点，也没有人为打造的旅游区，一切都是那么自然，甚至原始——我居然还在乡村小道上看到骑马的！无非就是蓝天、白云、土地、树林、农舍……可这一切搭配在一起，却满目风景，处处是画。

我第一次
在童话剧里
当上了"国王"

　　早晨五点醒来，出门想看看天上有没有星星，结果一看，星星倒是有，但比较稀疏，因为天空已经微微泛白了。我决定到外面去晨练，在路上拍日出。

　　朦朦胧胧中，我沿着公路朝东走，走着走着天渐渐亮了。在一片辽阔的原野前，看到远方的地平线呈绯红色，我知道那是太阳升起的地方。房屋、树木、输电线铁塔、太阳能风车……都在东方的天幕上映出美丽的剪影，天上不时飞过一只或一群鸟儿，天地之间顿时有了生命的气息。

　　渐渐地，东方的天际线上冒出一点金色的弧线，我意识到太阳正在升腾。我赶紧站在路边，以一棵树为支撑点固定长焦镜头，眼睛一动不动对准那个金色的弧线，不，已经不是弧线，而是半圆，转眼间太阳便跃上天空，世界一片辉煌。

今天来给我们上课的是 Lisa Van 老师，她带来许多服装。这些五颜六色的服装整整齐齐地挂在衣架上，放在教室的墙边，我顿时感到我置身于服装店。

这些服装是她的道具。她今天打算用体验式的教学方式让我们感受丹麦的童话教学。

正式上课前，Lisa 让我们围成一圈先做几个游戏放松，我们跟着她的手势比着各种动作，煞是有趣。然后她让我们每一个人简单介绍一下自己。当轮到我的时候，我说："My name is Li Zhenxi. I come from Chengdu. I am an old teacher, a middle school teacher. Thank you!" 这是我第一次说英语，大家给我掌声鼓励。

开始讲课了。Lisa 先讲了一些理论，其实也不是纯理论，叫"观点"更准确一些。Lisa 出示了一张照片，照片上孩子们正在大雨中玩儿。她说："不论刮风下雨，孩子们都照样在外面玩。这是丹麦幼儿园常见的情景。所有的恶劣天气孩子们都可以在外面玩儿，一年四季都是如此。没有不好的天气，只有不适合的穿着。"

然后 Lisa 根据她所掌握的信息比较丹麦和中国的幼儿教育，她一再声明，她的理解可能不准确，欢迎我们批评指正。她说——

丹麦的老师和其他成人要去倾听和关注每一个孩子，中国的教师关注的是听话的好孩子。

不管你在什么地方，都可以关注到每一个孩子，关注他们的成长过程，这是过程导向。中国的教育更多的是结果导向，比如老师会想，这个学年必须达到什么目标等。

在丹麦，成人和孩子是互相尊重的，是互动的；在中国，更多的是成人教授孩子。

丹麦幼儿园更多的是成人和儿童合作，老师和家长在意的是让孩子做最好的自己，让生活充满乐趣；中国幼儿园更多的是竞争，包括幼儿之间、老师之间。老师要求孩子追求"第一"，做群体里最好的。这样就产生了竞争，包括幼儿之间、老师之间、幼儿园之间，有太多的比赛和排名打分，太多的"小红花"，这样比较的结果，就比较累心了！

……

听了 Lisa 对中国幼儿教育的理解，虽然也觉得有的地方不是太准确，比如中国也提倡关注每一个孩子，而且不少老师也做到了，但总体来说，她对中丹两国幼儿教育的不同点还是概括得比较中肯。她还说到了中国幼儿教育（还不仅仅是幼儿教育）的弊端。

Lisa 在上课时讲述了以下两部分内容。

内容 1：

Lisa 给我们讲了"Anerkendende（丹麦语，包含欣赏、认同、接受、承认、包容、尊重、共情的意思，用某一个特定的中文名词不能准确说明）paedagogik（教育学）"，并作了简单的解释：

Anerkendende 教育学的基础是挪威心理学家安妮·利斯·勒维·施比（Anne Lise Løvlie Schibbye）的理论。Anerkendende 教育学提供了一种与其他人建立关系的特殊方法，即认同关系。当我们建立这种关系时，需要呈现五个要素：理解和同情，认识自我，确认，开放，自我反思和设定边界。

如一个孩子与另外一个孩子抢玩具：需要接受冲突事实，承认事情的发生，明确自我感受，理解对方感受，依据经验应对，总结并积累。

这意味着需要将自己放在对方的位置，承认对方，并愿意接受不同的出发点和看法，即换位思考，承认不同。

处理这种关系时，需要设定自己的边界并反思，使参与到关系里的各方，都能够感觉舒适从而获得安全感。

这种关系运用在成人与孩子之间时，是一种不对称关系。成人具有定义权，可以制定规则、确定对与错、判断是否合法等。因此成人需对关系的质量和结果负有完全责任，这是至关重要的！

内容 2：

六个教育学习主题：

多才多艺的个人发展（让孩子在活动和游戏中全面发展）；

社交能力和包容性（在活动中培养他们的这些能力和品质）；

语言发展（在沟通过程中自然发展）；

身体健康和运动（发展身体运动的能力）；

自然和自然现象（在活动中认识自然和自然现象）；

文化表现形式和价值（了解文化的表现形式和价值）。

接下来 Lisa 老师讲了她做演出服装的原因。她说她以前是学经济的，但喜欢动手制作。女儿小时候她为女儿做演出服装，也教女儿做，做好后女儿带到幼儿园使用。八年之后，她重返幼儿园，看见那些服装居然还在使用。后来 Lisa 开始专门研究做演出服装。她发现他们穿上这些服装时，有一些故事发生了。"我想知道孩子们穿上这些衣服后脑子里在想什么。"她说，"我发现他们穿上演出服装后发生了变化，因为服装是童话中人物的服装，所以孩子和童话人物发生奇妙的关系，有的孩子变得自信起来，甚至会改善孩子之间的关系。比如曾经有两个女孩从来不一起玩，但穿上演出服装后，聊得非常开心。在演出时，我们要关注每一个人。有一次演出过程中，有个孩子不开心，也没参与进来。老师就专门给了他一个鱼的道具，说'你帮我照顾一下这条鱼'。这就不但给孩子以关心，还给他以尊严。虽然这是一个游戏，但我们要接纳包容每一个孩子，包括不在状态的孩子。"

她强调了"玩"的意义："有家长问：你们在幼儿园一直玩，做其他事没有？我们回答，玩本身就是学习。孩子不会为了学习去玩耍，然而学习会在玩耍中自然产生。但孩子不是瞎玩，而是在老师的指导下玩。"

课间休息后，老师让我们穿上安徒生童话《打火匣》的演出服装体验一下。教室里一下子热闹起来，大家都选了一件角色衣服穿上，开心极了，好像又回到了孩子状态。我选的是国王的服装。

然后，她拿出《打火匣》的图，发给我们每一个人，说："我以《打火匣》为例。这是玩的地图，通过玩，让孩子记住故事。我给你们每人准备了这么一张玩的地图。你们可以看看。然后每人写两个问题。"

她发下卡片，让大家写一个语言问题，一个动作问题。当然这两个问题都是站在孩子的角度提出来的。写好后，她将我们的问题卡收集起来，让大家围成一个圈，随机去拿卡片，看上面写的什么。如果是动作（比如，狗是怎么从匣子上跳起来的？狗是怎样走的？士兵怎么爬树，怎么从树上下来？），就让抽卡片的人做动作；如果是语言（比如，女巫为什么起先对士兵很和蔼，后来却变得凶狠起来？绞刑架是怎样的？打火匣是什么形状？树为什么会有洞？），就让抽卡片的人回答。我抽到的问题是："国王住哪里？"我回答："国王住在成都九眼桥。"她不理解我为什么这样回答，我说："我住哪里国王就住哪里，因为我就是国王！"大家都笑了。

　　吃了午饭，继续回到教室。老师让我们演出这个童话。虽然是临时出演，并没有排练过，但大家都非常投入，作为剧中的国王，我也演得非常认真。大家都不是专业演员，但我们通过演出找回了孩童心态，非常开心。

　　下课了，外面阳光正好。我给女教师们拍了各种造型的照片。草坪上有一个高台，她们站在高台上，做各种姿势，我站在下面仰拍。明丽的蓝天下，每一个女教师都是那么美丽动人。然后又在草坪上以各种组合和造型拍，大家嘻嘻哈哈。她们很开心，我也开心。

傍晚，夕阳缓缓下沉，一片血红溅满天空，渐渐又化作瑰丽的晚霞。一弯新月，挂在浅蓝色的天空上。不一会儿，夜空变得深蓝，弯弯的月亮如同一只明亮的眼睛，静静地注视着大地。

晚上，学院请来两位歌手举办演唱会，演唱的歌曲大都取材于安徒生童话，有些歌曲是他们自己作词配曲的。他们两人的故事也充满童话色彩，这位美国女歌手到丹麦旅行，认识了这个丹麦小提琴手，他们相爱了，于是美国女孩嫁给了丹麦先生，并组成了一个"安徒生小乐队"。听说了我们的安徒生国际幼儿师范学院，于是，走进了我们学院，有了新的童话故事。

我去听了一会儿，虽然不懂歌词，但演唱者和伴奏者的激情还是感染了我。

观摩孩子们的
"幻想之旅"
童话剧演出

早晨起来，又准备出去拍日出，结果一看是阴天。不过我知足了，整整四个大晴天，该拍的我都拍了。

上午，我们前往欧登塞，去昨天给我们上课的女教师 Lisa Van 做幼儿教育研究的克雷蒙幼儿园参观，具体看看她昨天讲的那些理念是如何呈现的。

进了幼儿园我们直接去了要参观的那个班。教室门上贴着我们团队到达丹麦的第一天，从哥本哈根机场到学校路上在大巴上的合影。原来，老师为了让孩子们不怯生，以这种方式让他们先熟悉我们。

一进教室，十来个洋娃娃靠墙就地坐成一排，非常可爱！可惜不能拍照，因为这是丹麦所有幼儿园的规定。

当我带着遗憾看着这群洋娃娃的时候，Lisa 老师突然告

诉我们一个好消息："我已经同这个班孩子的家长们沟通过了，他们同意拍照，所以你们可以拍，但只限于这班的孩子。"

大家赶紧拿出手机或相机拍了起来。因为我以为不能拍孩子，所以今天根本就没有带相机。现在听说"可以拍"，只好拿出手机拍了几张。

今天我们观摩的是孩子们的"幻想之旅"童话剧演出。就是在没有任何事先设计好的人物、情节、主题的情况下，孩子们即兴表演。老师先让每个孩子说他是什么（即他想扮演什么），有的说自己是国王，有的说自己是美人鱼，有的说自己是猫……然后就开始表演了，一边演一边现编情节。

在编情节的过程中，孩子们表现出了惊人的想象力。中间当然有演不下去的情况，这时老师便给予引导或建议；还有一些突发情况，比如某个孩子不高兴，情绪低落，老师都会根据当时的情景予以非常自然的引导。总之，最后这个剧很是完满。所谓"完满"的标准，不是说这个剧有多么精致和无懈可击，而是说孩子们都参与进去，都动脑子，情节也很生动，

孩子们都很开心，结局皆大欢喜。

童话剧结束后，幼儿园的副园长给我们介绍他们的教育理念以及丹麦幼儿园的管理特点。他讲了昨天 Lisa 老师讲过的那六大要素（多才多艺的个人发展、社交能力和包容性、语言发展、身体健康和运动、自然和自然现象、文化表现形式和价值）在实践中的做法。

副园长还介绍了丹麦幼儿园的三种体制：一是公办幼儿园，二是私立幼儿园，三是介于公办和私立之间的"合作幼儿园"（指自由持股，由家长组成的董事会管理运营的非营利幼儿园）。无论上哪种幼儿园，国家对每一个孩子都有专用的幼儿教育经费，这笔钱是跟着孩子走的。如果孩子读公办幼儿园，这笔钱自然就给了公办幼儿园；如果孩子读私立幼儿园或合作幼儿园，那么除了相同金额的国家教育经费帮他支付费用之外，孩子家长还需额外支付一笔费用，但这笔钱很少。在私立幼儿园或合作幼儿园，家长可以参与幼儿园的管理，比如园长和副园长都是由家长委员会选出来的。今天给我们作介绍的这位副园长说，他就是家长选的，而他曾经就是这个幼儿园孩子的家长。

听完介绍，我们又去看刚才那个班的孩子演奏乐器。孩子们围坐成一圈，每个孩子都拿着一件乐器。他们在老师的带领下演奏得非常投入，旋律动听，孩子们看起来都非常可爱。

中午，我们来到安徒生博物馆见馆长 Torben 先生。

我们到博物馆的时候是十二点半，比约好的时间早了半个小时。这时副馆长过来用流利的汉语对董老师说道："Torben 馆长一点钟才回来，我来陪你们聊聊。"我一听，大吃一惊，他的中文居然说得这么好！

我看他很年轻，便问他在哪里学的中文，他说是在北京语言大学学了两年，又在丹麦驻中国大使馆工作过两年。我又问他和英语、德语等比起来，学中文要难一些还是容易一些。他说，还是中文要难一些。

他还说他经常去中国，很喜欢吃中国菜，"特别是川菜！"他这一句话让我特别惊喜，我说："我是四川人，我在成都。你能吃辣吗？"他说很喜欢吃辣，去年还去过成都，逛了都江堰。

他送给我们名片，上面有他的中文名"傅儒思"。我问他为什么取这个名字，他说："我有一个很好的中国朋友姓傅，所以就用了他的姓。我喜欢儒家思想，所以取名'儒思'。"我跟他开玩笑："你这个姓没选好。姓傅，以后你做什么只能是二把手，当馆长是副馆长，当了总统只能是副总统，甚至当爷爷也只能是副爷爷！"

大家都笑了。

一点钟，Torben 馆长来了。这是一个看上去很有学者气质的儒雅先生。他热情欢迎我们的到来。他简单介绍了安徒生博物馆的情况，并说安徒生博物馆和中国上海、青岛、成都的一些博物馆都有合作。他又说安徒生博物馆新馆正在修建中，是日本人设计的，非常气派。刚才我们参观的，是一个临时的博物馆，希望过几年，我们再来参观新馆。

　　我们之所以要见安徒生博物馆馆长 Torben 先生，是因为安徒生国际幼儿师范学院创始人董瑞祥获得了 Torben 馆长的正式授权，董老师是世界上第一个有权使用安徒生名字和肖像来举办教育的教育工作者。由于 Torben 馆长的大力支持，"安幼"事业红红火火地做了起来，所以，董老师特意带我们来表达感恩之情。

　　因为安徒生的缘故，Torben 先生也成了丹麦的大名人。丹麦女王到中国访问，他陪同；中国国家领导人到丹麦访问，他当向导。因为安徒生的缘故，丹麦成了童话王国。相信童话故事的人，往往能创造出童话故事。

从"梦幻之旅"
回到童年

2018年3月21日　星期三　晴

下午，我们回到安徒生国际幼儿师范学院，继续听Lisa老师上课，听她的童话故事。

她先问我们："上午看了孩子们的演出，你们喜欢吗？"

我们都说："很喜欢！"

她说，在中国的幼儿园，可能有提前设定的课程，要教什么都是预先设计好的；但在这里，很多时候是孩子在活动过程中生成问题，老师根据具体情况予以引导，所以没有固定的课程。

接下来，她要我们也尝试"幻想之旅"，以这种即兴创作的形式表演。

第一组由五个老师表演。Lisa老师还是让演员自己选角色，她只问"你是什么"。秦晓燕说"我是一只很悲伤的小山羊"，马乐说"我是一头不停地吃的牛"，刘燕说"我是魔法

师"，李梦洁说"我是能满足大家所有希望的小精灵"，王向晖说"我是一匹来自北方的狼"。

然后她又分别问每一个角色："你住在哪里？来自哪里？"以此确定该角色演出时所居住的位置。

接下来，演出便开始了。因为是即兴创作，所以中途有很多意想不到的情况，Lisa 老师总是很自然地介入，和大家一起商量如何推动情节。比如，小山羊不开心，她便启发大家："我们现在怎么让伤心的山羊开心起来？"遇到情节无法编下去时，她也会引导大家，和大家商量。比如她说："我们能不能改变狼的想法，让它变得温柔起来？"最后，不但狼变了，小山羊也变成了"喜羊羊"，很开心。

演出很精彩。秦晓燕说："我之所以确定我这个角色，是因为我上午看孩子演出的时候，就发现了这么一个孩子。我就想，对于一个情绪低落的孩子来说，有时候过度关心未必是好事，因为如果他不愿被别人打搅，你非要去关心他，可能适得其反。干脆让他独处一会儿，让他做旁观者，看着看着，可能他会愿意参与。"Lisa 老师同意她的观点。

第二组演出开始了。孙青说"我是失忆症老鼠"，张银霞说"我是很坏的坏蛋，怪兽"，薛丹说"我是叛逆的公主"，张帅男说"我是小猪丢了的猪妈妈"，王艺蓉说"我是挂在墙上的辣椒"。

也是一边演一边编情节。中间有许多意料之外的困难和笑料。比如，坏蛋说："我不想跟任何人交朋友。"大家就想着怎么让他转化，而转化就需要铺垫情节。又如，老鼠到处流窜，看到森林里的公主，看到过得很好的猪妈妈，老鼠就问："你们有米吗？我是中国老鼠，喜欢吃米饭。"这句话把大家逗乐了，因为这几天我们都吃不惯丹麦的面包，都思念中国的饭菜。再如，王艺蓉扮演的辣椒是一个固定在墙上的角色，怎么让她动起来呢？大家又动脑筋设计情节。怪兽进攻，大家便用辣椒射怪兽的眼睛。

演着演着，成了美女和怪兽的故事。怪兽本来邪恶，但看到公主，心软了，爱情让他向善了。公主也变了，帮助了别人自己很开心。薛丹扮演的公主说："我可以嫁给你，但条件是你要用魔力保护整个城堡，不能吃它们。"怪兽说："为了爱情，我愿意吃素！"大家都笑了。但是，辣椒怎么办？难道一直挂在墙上吗？大家又设计把辣椒做成辣椒酱，让大家吃。怪兽说："你已经融入我们每一个人的身体了，彼此永不分离，你就是我，我就是你！"

这个剧真是很棒！

本来我是想举手扮演一个角色的，但后来我想到应该把机会让给幼儿园老师们，他们的体验对他们回国后一定很有用，我一个打酱油的，凑什么热闹呢？所以我便放弃了演出的想法。

演出完毕，Lisa 老师让我们两人一组讨论昨天讲到的"学和玩"的关系，她要我们思考：从玩里面可以学到什么？她强调，回答时不说"我学到了什么"，而是以例子的形式表达自己的收获。

　　钟庆老师和我一组讨论，我们都认为，"幻想之旅"这种表演形式对教师素质是很大的挑战，因为老师首先要有幻想力和创造力，不然怎么引导孩子？其次，老师要非常了解儿童的心，要能够感受儿童的思维，这样才能自然介入孩子的表演提出建议。第三，老师要敏锐，能在细微处发现一些引导的契机，感受孩子的内心世界。

　　我们正在讨论，教室门突然打开了，一头"骆驼"闯了进来，大家都很惊喜，也很开心。原来 Lisa 自己设计并亲手制作了骆驼服装，她和翻译郭老师一起穿上，便成了逼真的"骆驼"。

　　讨论结束，Lisa 让大家发表看法。李梦洁说，老师对孩子的引导很重要，比如当国王在挖地道时，老师问"除了挖地道还能做什么"，孩子便说"可以做钻石"。在这过程中，孩子学会了读懂别人的情绪……

王向晖说:"这种形式存在着无数种可能,给孩子无限的选择。每一个人都对情节的走向有推动作用。每一个人都影响着别人,每个人都受别人影响。一切皆有可能。"

秦晓燕说:"我感受特别深的是,在孩子们演出时,老师的介入非常自然,是以故事的方式。比如有一个孩子扮演猫,却很烦躁,如果在中国,可能老师会把她抱走,因为有外国人在看演出。可今天 Lisa 老师却对猫说:'也许是昨天晚上你没有抓住老鼠,所以很烦躁,让我抱抱你吧!'然后为她唱歌,还问她:'你没抓着老鼠吃,还饿吗?'并对扮演其他角色的孩子说:'我们都过来喂她吧!让我们来唱一首歌吧!'最后这个孩子也开心了。老师的引导并不是脱离故事离开剧情,而是非常自然地在故事情节的推动中安抚孩子,所以最后大家都很开心。"

我非常赞同秦晓燕的分析和感受。

下课前,Lisa 老师说:"你们看到了我扮演的骆驼。这套骆驼服装是我专门给一个剧设计的。当时他们要做一个很生气的富人、一头骆驼、一只狮子和一头驴的服装。我做完后给他们,他们演出完了之后,我拿回来了。因为在设计骆驼服装的过程中,我爱上了骆驼。所以特别把这几套服装要回来了,收藏在我家的箱子里。一个晚上我睡着了,我感到有人在叫我,我睁开眼睛一看,原来是骆驼,它对我说:'你既然这么喜欢我,为什么把我放在箱子里呢?我去和孩子们玩,我可以带给他们很多快乐。'所以那天晚上,我创作了一个新的情景剧,是富人去幼儿园,带着骆驼、狮子和驴……剧里面有一个情节是,富人每次出场都苛求别人的个人卫生,要检查别人洗手没有呀,指甲剪没有呀,等等。结果后来我们每次进幼儿园,小朋友们看见我来了,都要对我说:'我洗了手!''我剪了指甲!'……我并没有刻意地去做什么,但后来却有想象不到的情节。这就是我的幻想之旅。"

来丹麦这么久，大家都说丹麦的面包实在吃不下了。于是，晚上李梦洁、王瑜等女老师便动手做中国拉面，还去超市买来辣椒面做油泼辣椒。真好吃！我连吃五碗。后来过来几位外国人，我们热情地请他们吃，他们也不客气，一边吃一边说"好吃"。哈哈，扬我国威，文化自信爆表。

我亲手做了一个毛茸茸的兔子

上午是北菲茵学院的 Mette Højland 老师给我们上课。

Mette 老师说的第一句话是："我今天从另外的角度给你们讲一些对你们可能有用的东西。"

然后她展示了一张照片，照片上是一个笑眯眯的 4 岁的中国孩子。她指着男孩说："这个男孩现在应该是 34 岁了，在一个公园里，孩子们在玩，我离得比较远，用长焦镜头拉近拍的。这张脸我印象很深。"

她说："1988 年，我还是一个年轻女孩，在亚洲和男朋友旅行了六个月，最后到了上海。去中国之前，很多人不理解，说这件事很难，所以当时我们特别犹豫，觉得似乎不该去。到了上海，有一天收到一封信，是杂技团的票，我不懂中文，根据票上印的图去找，路上碰上一位女士，很热情地帮助我们，后来还邀请我们到她家。我们在中国待了两个月，那两个月我们特别愉快。我有两个女儿一个儿子。我现在是民众学院的教师，主修语言和文化，我还去做文化方面的指导教师。从 2005 年开始就在本校任教，直到现在。"

然后 Mette 老师比画着对我们说："当你走进课堂，你可能背着一个背包，这个背包里有一些你的既有经验。但我现在请你把这个背包放在门外，把你以前的经验放在教室外面。完成这个课程后，你会有一个新的背包。我一直在发展，到各个国家去旅行，积累新的经验，所以我的人生在成长，我的热情一直没有减退。我希望在座的各位也一样，每天都有热情，不断成长，也让孩子的人生持续成长。"

Mette 老师讲课很有趣，富有激情，讲着讲着会站在凳子上，双手比画着，完全沉浸在自己的讲述中，甚至随着讲述的内容手舞足蹈。

她说她写了一本书，所有的理论都来自美国哲学家和理论心理学者肯·威尔伯。"你们知道，我有很多想法，我把我的想法写满了记事贴，我想我必须系统化，这些东西应该是一个整体。威尔伯提出一个理论，每个瞬间我们的思想都有四个方面，或者说四个维度：第一，当你们坐在这里的时候，你们的头脑里会出现各种想法，这是别人不知道的，比如你在这里听课，可你脑子里却在想'我昨晚没睡好'。第二，你还有外在的意识，就是你身体每个部位的感受，比如这房间太热或太冷。第三，你走进房间里，看到大家都坐着，你也情不自禁地坐下，因为有'我们'这个意识，这里面包括文化的东西；这是'我们'所形成拥有的文化，就是共识。第四，在'我们'的外延，会有一些规则，比如学校的规则，社会的规则。这四个部分永远在同时运转，彼此互相联系。"

她强调，任何时候，这四个方面都是同时存在，并且不可分割的，这就是"整体"。

她说："我们知道这四点互相作用。格隆维更关心的是整个人生的学习，在格隆维时代，很容易谈身体、思想和精神，人类就是身、心、灵组成的；现在，特别是西方社会，我们特别想对心灵层面进行科学论证，但科学有时候却论证不了，便忽略了心灵的东西，包括情感和精神，只注重理性主义。这是不对的。"

我理解她说的——或者说威尔伯说的四个方面，即内在意识、身体和运动、团体和价值观、社会的规则，的确同时存在，不可分割，彼此联系，互相影响。这就是她今天反复强调的"整体"。

课间休息，她让我们做一个游戏：甲乙二人，相向而立，甲说"一"，乙说"二"，甲说"三"，然后倒过来，乙说"一"，甲说"二"，乙说"三"，如此循环反复。看起来简单，其实刚开始不适应，不过很快便比较容易了。然后她提高难度：还是按刚才的规则说一二三，但是凡是遇到说"二"时，用拍手替代，即甲说"一"，乙拍手，甲说"三"，然后乙说"一"，甲拍手，乙说"三"。这下就的确有点难度了，主要是反应不过来了，遇到说"二"的时候，忍不住要说出口，却忘记了应该拍手。经过练习，我们都做到了。然后她继续提高难度：其他不变，但遇到"三"时以跺脚替代，即甲说"一"，乙拍手，甲跺脚；乙说"一"，甲拍手，乙跺脚……我和薛丹一组，到了这时，我俩都有点手忙脚乱了，有一次我居然同时拍手和跺脚，引得周围的老师哈哈大笑！他们问我："李老师，你那是表示几呀？"我说："表示二三啊！"大家又笑了。我说："哦，不对，我那是表示 23！"大家笑得更厉害了！

重新上课。她问大家做游戏的感受，秦晓燕老师说："做游戏时，注意力必须高度集中。"

她说："嗯，这个游戏看起来容易，其实并不容易。我让大家做的目的，不只是放松，还想让大家明白，有时候我们教给孩子的东西，看起来似乎很简单，但孩子做起来却并不简单。"

现在，分组讨论，设计一个活动，贯穿刚才讲的理论。

她让我们五个人一组讨论一个教学活动，要贯穿她刚才说的那四个方面。我、张燕教授、郑如薇、马乐和泰国老师一起讨论。我们用了张燕老师现成的一个幼儿活动方案，从那四个方面进行分析。

各小组讨论完毕，每组代表站起来交流。

虽然在其他老师看来，我是作为所谓"专家"而不是学员来参加这个培训的，但我自认为和所有老师一样认真。尤其是课堂笔记，老师们公认我记得又快又细又全。因为我电脑打字特快，基本上能够做到和说话者同步，再加上有翻译的"缓冲"，我用电脑记录起来就更从容了。同时，我还抽空给教授和学员老师们拍课堂照片。因此，我上课其实比别人更紧张，当然也更充实，收获更多。

下午，是手工课。我选的是制作小玩具——将绒毛一针一针扎成自己想象的小动物或其他玩意儿。李梦洁一开始就不小心扎着手了，我觉得太复杂了，我从来没做过，就想放弃。但又不好意思，众目睽睽之下怎么好意思走？于是硬着头皮坐下了。

看着身旁的李梦洁在做一个女巫婆，不一会儿便初具规模了。张银霞做的是一只可爱的小狗。王艺蓉不停地用针扎呀扎的，"嚓嚓嚓"的声音很是夸张，她做的是一个平面的兔子。王禹更了不起，居然做了一个蒙古包，还有草原，草原上还有小羊……

在她们的感染和鼓励下，我也开始扎针，很认真很用心地扎。一个多小时后，我做了一个毛茸茸的兔子，作为送给女儿的礼物。关键是居然没有扎着手。

只有教师是
一个幸福的人，
他才能培养出幸福的人

小兔子快要做完的时候，接受当地媒体采访。

问：您在丹麦学到了什么？或者说，您对丹麦教育印象最深的是什么？

答：教育者和孩子之间那种平等关系，对孩子无微不至的真正的尊重。

问：这些东西带回中国有用吗？您觉得丹麦教育可以在中国推广吗？

答：有些具体做法是有用的，比如昨天我们看到并体验的"梦幻之旅"，这种做法完全可以在中国的教室里让孩子们去实践，一点问题都没有。但并不是所有方法都可以照搬，毕竟国情不同。重要的还是先进的理念，而这个理念所呈现的形式完全可以是多样的，不一定非要是丹麦式的。

问：您觉得中国和丹麦教育有什么不同？

答：我认为，如果从理念层面讲，说实话，中国和丹麦包括中国和欧美发达国家的教育，没有太大的不同，大家都认为要"以人为本"，现在在中国，哪怕是一所乡村学校，墙上可能都写着"一切为了孩子"；但问题是，在中国好多理念还停留在标语口号上，当然也有行动，而且有的地区有的学校做得还不错，但远远不够；而在丹麦，这些理念却已经成为普遍的行动，而且是非常自然的生活化常态。另外，至少还有一点不同，就是丹麦教师的自主性要大一些，或者说自由度要大一些，创造的空间自然就宽阔得多；而中国教师就目前来讲，各种约束太多，由于评价方式、考核制度以及来自各种形式主义的督导检查等的干扰，能够自由发挥的教育空间很狭小。当然，我们国家已经下决心改变这种状况，刚刚颁布一个教育改革方面的文件，重点是教师队伍建设，已经提出要提高教师素质，为教师排除干扰，给教师更多的创造自由。

问：我在采访您之前也看了您的一些文章，了解到您的一些观点，您特别重视"幸福"的理念，能结合您这次在丹麦的感受谈谈这个理念吗？

答：是的，我有一本书的名字叫"幸福比优秀更重要"。这个命题不一定是我先提出来的，但我特别认同这个理念。所谓"优秀"更多的是靠外在的评价，因此追求"优秀"就免不了要做给别人看，而且和别人比；但"幸福"是靠内心的感受，与别人无关。在中国，我们更多的是培养"优秀"的学生，各种评优选先都是希望某一个人能够"脱颖而出"，在这过程中，孩子其实失去了很多幸福；而我发现丹麦的教育者更注重培养孩子本身的幸福感。再简洁一些说，中国教育更多着眼于培养对国家对民族"有用的人"，而丹麦教育更多着眼于培养"幸福的人"。其实，教育既要培养"有用的人"，也应培养"幸福的人"，不可走极端，但关键是二者应该找到平衡点。我还想补充一点，培养幸福的人，前提是教师本身必须幸福；只有教师是一个幸福的人，他才能培养出幸福的人。

问：这个"安幼培训项目"会对中国孩子带来什么样的影响？

答：对，我这次是受丹麦安徒生国际幼儿师范学院"老牛中国幼儿教师培训项目"的邀请前来学习考察的。我认为这是一个很了不起的项目，我对项目的发起人董瑞祥先生表示由衷的敬意。以前我和他素不相识，但随着对这个项目的了解，特别是来到丹麦深入参与进来之后，我感到他是在圆一个伟大的梦，这个梦就是从幼儿教师开始一点一点地改变中国教育，进而尽可能地为中国进步效力。让我感动的是，董老师组织的最近几期赴丹麦培训都是公益的，参加培训的都是来自甘肃、内蒙古、山西等地的一线普通老师，不但不交一分钱的费用，而且在丹麦的吃住行全部免费。一个国家的希望在教育，而教育应该从孩子最初进幼儿园开始，这样，幼儿教师的教育理念、专业能力和综合素质就尤为重要了。我不想不切实际地夸大这个项目的作用和影响，但能够改变一个老师，就改变了一个班的幼儿，改变了一个园长，就改变了一群孩子……能做一点算一点，能走多远就走多远，关键是这个进程已经不可逆转，微观的改变已经发生。这就是意义。

问：您这次来丹麦，对安徒生有了新的认识吗？

答：安徒生对于中国人来说并不陌生，因为中国的中小学语文教材都有他的童话。但是这次来之后，我更深刻地理解了安徒生。安徒生绝不仅仅属于孩子，他属于所有人，属于一个人的所有年龄段，属于整个人生。他的童话所表达的是人类共同的价值观，比如善良、正直、向上，他博大的胸襟和真诚的人道主义情怀，哪里仅仅属于儿童？还有他无与伦比的想象力和创造力，也是人类永远需要的。中国当然也有善良、正直、想象力，但还很不够，中国人民同样需要从安徒生童话中汲取精神养料。还有，安徒生出身贫寒，历尽苦难，最后从丑小鸭升华为白天鹅，他一生的经历本身就是一部伟大的童话。

问：您是第一次来丹麦，这和您以前没来丹麦之前的想象有什么不同？

答：没来丹麦之前，除了知道这是安徒生的国度，还知道这是世界上幸福指数排名最高的国家，但来了之后我发现，这里的一切都是那么自然、简单、朴素、单纯。城市并不豪华，街上没有豪车，比如我们现在所在的校园，没有高大的教学楼，没有体育馆或天文馆，连校门都没有，都是简单的平房，教室窗外便是一望无际的原野，远处是村庄和森林，完全和大自然融为一体。我和丹麦民众的直接接触不多，但我从不多的接触中，感到丹麦人很单纯，彼此之间的关系很纯净，很简单。其实中国也有很多美好的地方，如果要说，我也可以说一大堆，但今天您是让我说丹麦，我自然就多说丹麦。

问：丹麦教育可以从中国学到什么？请给丹麦的教育者提一条建议。

答：我对丹麦的教育还谈不上全面深入的了解，所以我还没想过丹麦教育可以从中国学到什么，但我想，丹麦人过得这么舒适，这么恬淡，与世无争，那中国教师的不断进取、自我提升的精神，是不是可以让丹麦教师借鉴呢？我知道中国的许多普通教师非常让人敬佩，身处逆境，而自强不息，不断向上……不知道这是不是可以让丹麦教师学习。

记者：您说得对，中国教师这些品质的确值得丹麦教师学习。

我问：丹麦有评选"优秀""劳模"之类的吗？

答：没有。丹麦教师没有任何自上而下的评比，只有在学校孩子们自己评选自己喜欢的老师。

我又问：那丹麦的教师评职称吗？比如有初级教师、中级教师、高级教师之类的晋升制度吗？

答：也没有。我们在学校或幼儿园有校长、园长和教师之间的区别，也有校长、副校长之间的区别，但教师之间没有您说的那种专业职称区别。

我问：如果什么都没有，靠什么去激励教师呢？

记者蒙了，想了一会儿，她回答：您一下提出这个问题，我一时不知道如何回答您。要说"激励"，我们的老师更多的是自我激励。看到自己学生的学习效果不如别人，虽然学校并没有评比，也没有奖优罚劣之类的，但他有自己的尊严啊！如果一个老师工作了五年，却感到自己并没有变得更强，他自己就会紧张，会想办法提升自己，就自己参与一些研究项目，比如如何更好地教学，如何更好地和学生相处，如何对待青春期的孩子，等等，通过这些在广度和深度上提升自己。

我问：丹麦老师的社会地位如何？

答：丹麦的教师不属于高收入人群，但是教师属于社会公认的很重要的职业，包括教师自己也认为自己很重要。教师的工资不与类似中国的职称挂钩，而是与经验挂钩，越有经验的教师工资越高。

"领导要有一个
唱反调的人"

2018年3月23日
星期五　阴

上午，前往 COPLA 公司参观。这是一个做儿童游乐场的著名公司。

公司的首席执行官首先对我们的到来表示欢迎。他说："我今天给大家讲一下我们公司怎么看孩子玩。"他给我们看图片，"这是我们设计的户外游乐场。这个公司是我们两人共有的。我们俩都是学教育的，都是学怎样教孩子在游乐场玩的。我们来做设计，然后在丹麦不同的地方生产，最后由我们自己安装。我们的市场主要在丹麦，也有德国和欧洲其他一些国家。我们刚刚走向中国的市场。我们的运作方式，是远程的工作人员分散在世界各地，靠网络联系在一起。"

然后项目负责人 Christina 给我们作介绍。她说："我是一个专业学习怎么设计游乐场的。我作设计最看重的是把自然、绿色、地形和游乐设施融为一体。这是我们的理念。焦点是按孩子的兴趣去设计，去发展。所以，我们跟政府、学校、公司合作。"

她说："在我们设计儿童游乐设施的时候，并非简单地考虑孩子怎么玩儿，还要考虑让孩子充分地发展自己，发展想象力和提升身体技能。提升所有运动方面的技能，让孩子到达他能够到达的最远边界。"

她介绍她的工作流程："我们的户外游乐设施是分区的，每个区都有目的。先要把作为游乐场的地方分区，或动或静要分开，一定要有边界。这个边界的目的是最大程度地弱化区与区之间可能产生的冲突。成人，即教师，一定有个地方可以坐下来看到所有的地方。当然，不光是有成人坐的地方，还有一个地方是孩子和成人可以一起玩的。最好的游乐场，一定是结合自然环境，结合职业的，而不只是一个玩的地方。在设计一个地方时一定不能忘记目标是什么。目标是教育方面的，一定要是发展的，健康的。游乐场必须是让孩子能够自由地玩耍，但对老师来说，孩子一定又是可控的。如何达到这些目标呢？每个位置如何安排，然后确保不同的目的

都可以在每个区实现，当然需要非常好的设施设计员设计出来。这种设计理念，应该也适用于每个家庭。就像我们看到过的幼儿园一样……"

最后她说："由此大家可以看到 COPLA 公司的愿景是什么，就是要建造一个一直在发展的游戏区，能提供给孩子高质量高价值的游戏。"

接下来我们参观了两所幼儿园的游戏区域，都是 COPLA 公司设计的，这两个游戏区都体现了 COPLA 公司的理念。虽然场地都不大，但自然和谐，充满情趣。我也忍不住把自己当作了幼儿，滑滑梯，坐玩具车……

离开第二所幼儿园的时候，我又回头看了一眼，这才注意到这幼儿园的门实在是破旧得很，完全不像我们国内幼儿园的门那么美观。要知道，这幼儿园是供我们这些"外国朋友"参观的啊！

中午回到学院，下午接着上昨天上午的课，授课者依然是 Mette 老师。

　　她先让大家唱一首儿歌，老师们便唱中国儿歌《数鸭子》，她虽然听不懂歌词，但被我们感染了，情不自禁地用手为我们打节奏。

　　放松之后，她开始上课："我反思了昨天的课堂。昨天在讲第一点（内在意识）时，其实有一个风险，就是，如果过分注重自我，就会自大。所以我们必须小心，自大就会只管自己，而不管别人的需要。在丹麦目前就有这个问题，丹麦孩子自我意识太强。父母就像在玩冰壶，孩子就是冰壶。我们希望孩子也能看到别人的需要，既看到自己也看到别人。"

　　今天继续讲"内在成长"，但换了一个角度。用 Mette 老师的话说："昨天谈的对象是孩子，今天要看看我们自己——你是谁？你怎么成为带领者？我们每一个人都是自己的带领者，这不是一件容易的事。我打算还是以昨天的四个维度为顺序讲讲这个问题。"

　　下面是我的听课记录——

什么是领导力？首先是任务需求，要满足任务的需求。有些事情需要我们去关心去做。第二要想到我们的团队，作为一个领导者，还需考虑团队每一个人的需要。领导者还要有自信心、自我意识、专注力，获得情感方面的成长，要学会控制自己的情绪。

领导最重要的是要有共情能力。因为领导是一个很强势的人，有时候他不会听别人的想法。他应该要有创造力，要有好的想法，但自我管理也很重要。他的身体要强壮，有能量，能够非常友善地与同事沟通，言行一致，自己说的一定要做到，有些好的想法必须转化成行动，要有执行力。

在"我们"这部分，作为一个领导者，要让所有员工知道"这个故事推进的情节"，让员工认同并参与。和领导最近的管理层是跟着他走的，外圈是老师。如果你真想成功，就要让最外面的人都愿意跟你走。想法是你的，但要让所有人都跟你走。有人会质疑，会批判，这能够让我们保持清醒。所以领导要有一个唱反调的人。一个领导者，要描绘一幅蓝图，让你的员工有共同的愿景。分享文化，分享价值观。

一个领导者，如果盖一座房子，这个结构是稳定的，员工可以自由自在地在里面行动，你就是一个好的领导者。如果这个结构不结实不稳固，那就不行。好的领导，就是创造一个自由的空间，但有一个坚实的结构。（我插话："让每一个人达到孔子所说的'从心所欲不逾矩'。"）每天的日常工作惯例，还有解决问题的会议，解决冲突的方法，也是这个"结构"的一部分。只要工作，就会有冲突，这是很正常的，不可能回避。冲突的出现，就是我们解决问题的机会。在这个规则里面是自由的。（我插话："有规则才有自由，这是不需讨论的；关键是规则的宽严度和执行的灵活度。"）

如果你要做一个好的领导者，你首先得知道你是谁，你的优势和劣势是什么，怎么调动积极方面并抑制消极方面。

"难忘今宵，
难忘今宵……"

　　Mette 老师让我们两人一组讨论，每个人都找五个词来描述自己，并找一个最能体现自己特点的动物。

　　我和钟庆老师一组，我找的自己的五个特点是：真诚善良，正直向上，勤奋刻苦，敏锐好思，缺乏宽容。我找的动物是蜜蜂。

　　分享时，老师让我说。于是我说："先说优点吧，我真诚善良，这点我是问心无愧的，并以此自豪；我觉得我很正直向上，疾恶如仇，眼里容不下一粒沙子；我也很刻苦，很勤奋，时间观念很强；还有我敏锐，善于发现一些别人可能会忽略的细节，并喜欢思考。缺点很多，但只能说五个特点，我就说一个缺点吧，我觉得我不够宽容，或者说缺乏宽容，非白即黑，与人相处不够圆融，性格太直，有时候对别人不够尊重。我给自己选的动物是蜜蜂，因为蜜蜂勤劳，它酿蜜所以善良有爱心，它有刺所以正直。"

最后 Mette 老师总结说："找到一个动物，就是一个新的目标。把自己潜在的东西调动起来，让自己变得快乐起来，也让孩子快乐起来。"

最后一节课，Mogens 院长来了，他很真诚地说，希望大家谈谈两周学习的感受，请大家提出建议，以便以后的培训做得更好。

老师们提了一些建议，比如增加一些参观考察的时间，提前把授课老师的讲课主题或其他相关资料提供给大家，这样方便学员预习，等等。

大家都表示，回国以后一定尽可能多地宣传和推广学到的东西，让安徒生国际幼儿师范学院所播下的种子在中国生根开花结果。

但说着说着，大家都情不自禁"感谢"起来了——感谢 Mogens 院长周到细心的安排；感谢各位上课老师，他们特别敬业，特别认真，特别投入，特别真诚；感谢董瑞祥老师发起这个项目，为大家创造了到丹麦学习的机会。他们也向我表示感谢，说我平易近人。

我除了表达对 Mogens 院长和董瑞祥老师的感谢，还感谢了翻译郭斌老师，然后我重点感谢了张燕老师："我和张燕老师是第一次认识，她不但平易和蔼，而且有一颗知识分子的赤子之心。善良和正直，在她身上得到了最好的体现！"

我向大家表示了两点想法："第一，回国后，我一定给每一位老师寄一本我的著作，以表谢意！第二，在之后的日记中，我将点评每一位老师。以后这篇丹麦日记会收进我的新书，你们将随我的著作而被载入史册，万古流芳！"

大家鼓起掌来，哈哈大笑。

晚上，学院在红楼举行结业典礼，许多外国朋友也前来参加。Mogens 院长给我们每一个人颁发了结业证书。

我们的节目很简单，但很受欢迎。秦晓燕教外国朋友做八段锦，钟庆和周丽英合唱《纺织姑娘》，马乐、李梦洁、钟庆、王艺蓉表演舞蹈《珊瑚颂》，钟庆演唱越剧《红楼梦》……

我们还邀请外国朋友参与抢答，比如让他们用中文说出和中国文化有关的元素，居然有一位女士说"道教""阴阳""武当"，还有一位女士撩起袖子露出胳膊上纹的太极图，把我笑死了。

让我特别惊喜和感动的是，大家还送给我一张六十岁生日贺卡，上面有大家的签名和一首诗："有缘千里聚丹麦，亦师亦友学霸李，欣逢镇西逢甲子，众粉恭祝 HYGGE!!"快结束时，我即兴上场以"歌坛天王"的范儿给大家唱了一首《敢问路在何方》。最后，我们在《难忘今宵》中结束了典礼。

典礼结束了，但学员彼此之间的依依不舍之情远远没有释放完。我们转移到教室里继续"抒情"。我们围坐成一圈，Mogens 院长坐在我旁边。喝酒的喝酒，喝水的喝水，互致敬意。然后大家海阔天空地聊。我讲了两

个关于"梦想"的故事后说："我最近在外面作报告，常常讲一句话——'用一生的时间去寻找那个让自己吃惊的我'！"董老师也给大家讲了他的梦想故事，说一定要敢想敢试，才有成功的可能。和校长感慨他这次来丹麦在思想上有了升华，我们都举杯祝福善良的他……

　　快到十二点了，想到明天还要赶路，大家再次表达不舍之情，聚会终于结束。

一个 500 多万人的国家，
却有 13 位诺贝尔奖获得者

　　早晨，天空飘起了蒙蒙细雨，与我们离别的心境倒是很
吻合。

　　吃完饭，我们要乘车走了，Mogens 院长在车前和我们
一一拥抱告别。我们的车穿行在校园里朝公路开去，从窗口
回头看，远远地，Mogens 还在朝我们挥手。

田野、森林、教堂、古堡、红色小屋……窗外的一切在蒙蒙细雨中缓缓后退。

一个多小时后，我们来到著名的乐高（LEGO）游乐场。

"LEGO"在丹麦语里的含义是"玩得好""玩得开心"，这恰好是丹麦人所理解的幸福人生的含义。

以前我听说过乐高，却不知道这个词的含义和乐高玩具发明者的情况。乐高积木的发明者是奥利·柯克·克里斯琴森（Ole Kirk Christiansen），他1891年出生于丹麦比隆附近的菲尔斯哥夫村。他有一手精湛的木匠手艺，年轻时就热衷于制作各种小玩具，出自他手的小飞机、汽车、动物个个形态逼真、惟妙惟肖。尽管他不懂经商，玩具经常滞销，但这并未使他放弃自己的爱好。后来，他设计的拼插玩具"约约"终于风靡一时。1934年，他为自己的积木玩具设计了"乐高"商标。从此全世界的孩子都喜欢上了积木。

丹麦人说："我们没有矿产，没有石油，我们所有的资源，就是我们的大脑。"

董老师告诉我，我们吃的蓝罐曲奇饼干、喝的嘉士伯啤酒、用的维斯塔斯风车发出的电力等都来自丹麦；而这许许多多的丹麦物品制造，正是世界航运龙头——丹麦马士基公司的轮船漂洋过海运过来的。糖尿病患者用的胰岛素，也是丹麦人发明的；代表着澳大利亚形象的建筑——悉尼歌剧院，是由丹麦人约翰·伍重设计的。2015 年丹麦人均国民收入达到了 6.1 万美元，全球排名位列美国（4.9 万美元）、中国香港（3.4 万美元）、韩国（2.1 万美元）之前。

是的，除了乐高，丹麦还为世界贡献了许多著名的品牌，比如丹麦的 Arla 奶粉、爱步鞋……除此之外，丹麦还为人类贡献了许多大名鼎鼎的科学家：量子力学的奠基人、原子结构学说之父尼尔斯·玻尔，电流磁效应的发现者奥斯特，世界上第一个发现并测定光速的奥勒·罗默，世界上

第一台磁性录音机的发明者波尔森，发明了光辐射疗法治疗狼疮和天花的尼尔斯·芬森，发现有关原子核结构理论的本·莫特森，阐明自然力不灭性原则的路德维格·奥古斯特·柯丁……一个500多万人的国家，却有13位诺贝尔奖获得者。

明明是一个看上去比较轻松休闲、恬淡散漫的国家，我们还曾经认为其国民由于高福利而"进取心不足"，可为什么居然有这么多伟大的创造发明？

追根寻源，尊重人性、崇尚自由而鼓励创造的教育是重要原因。

今天刚好是乐高游乐场今年第一天开业，又恰逢乐高游乐场建成50周年，因此开门前举行了隆重的庆典，丹麦二王子一家也前来与民同乐。今天的门票半价优惠（折合人民币200元）。

在乐高乐园，有依照1∶20由乐高积木搭建而成的人物、动物、汽车、船舶、港口、飞机、机场、高楼、街道、宫殿、古堡、教堂、自由女神像等，置身于此，每一个人都感觉自己成了巨人。我和董老师、和校长、郭老

师、钟老师一块游览。我们先后玩了小火车、乘船、过山车等五个项目。

晚上抵达哥本哈根，住进火车站附近的一家 SAGA HOTEL 酒店。我住单间 218 房间。

我们出去吃晚餐，找了一家中国餐馆，吃了一碗面，95 丹麦克朗，

约合人民币 100 元，相当贵。酒店一晚 600 元，相当于六碗面的价格，这在中国不可能。所以，这里面条贵，但酒店房间便宜。

晚上，我和张燕、和徊良、张银霞几位老师逛了一会儿街，随便转了一些小商店，买了少许纪念品。毕竟是首都，晚上人要多一些，夜幕下的哥本哈根古典而现代。

两周的丹麦之行，让我对丹麦这个国家有了一些肤浅的感受。

关于这个"感受"，那天在餐厅我曾和几位老师调侃："什么'幸福指数最高的国家'，我看丹麦这个国家很落后，人民也不幸福。你看，城市建设落后，房屋简陋，公路上跑的全是破车，我们这个学院建在农村，居然连围墙都没有，他们饭也吃不起，只能吃草，吃黑面包，所以孩子都营养不良，刚出生头发就黄了！"老师们大笑。

调侃归调侃，认真说起来，平心而论，丹麦这个国家和他的民众给我留下了非常美好的印象。这是一个简单、平和、朴素、友善的国家。无论是街道建筑，还是大学校园，或是乡村房舍，都很简洁，包括我们参观过的幼儿园，朴素得甚至有些寒碜，连个校门都那么随便，更别说"文化环境打造"了，没有统一的"主题色调"、品牌 logo——这在中国一些城市的幼儿园是"标配"。

丹麦人的生活低调节俭，在这个特别富裕的国家，我们在大街上看不到豪华轿车，也没见过浓妆艳抹、穿着华丽的丹麦女人和周身名牌、贵气四射的男人。这里的人看上去温和、恬静、淡泊、真诚，哪怕素不相识，见了你也会露出笑脸，并微微点头。那天董老师跟我说："在这里，人与人之间平等相待、互相尊重，让任何一个职业的人，哪怕是清洁工人，都自信而开朗，没有半点自卑。"那天在欧登塞我特别留意了一下，果真，大街上正在作业的市政建设工人们个个脸上都呈现出快乐、阳光。董老师还说："一个普通的工人，白天还在从事很艰苦的劳动，但晚上可能已经穿着得体地坐在剧院欣赏音乐会了。"

感受最深的，还是人与人之间的关系。那天游行完毕，我想找洗手间，董老师带着我来到一家餐厅，一位女服务员不懂英文，所以交流很困难，但当她明白我们的意思后，便很热情地把我们带到洗手间外。董老师说："丹麦人是很热情友好的，相反有一些中国餐馆的老板倒不太乐意中国人去用洗手间。"

张银霞老师说，她在街上遇到的丹麦人都很礼貌热情，相反遇到的中国人却很冷淡。有一天她在街上碰到几个中国人，很是惊喜，赶紧上去打招呼问好，结果对方很冷漠，充满警惕地问："你有什么事？"弄得张老师很是尴尬。我想到那天在机场，座椅上所有的外国人（不一定是丹麦人）都把随身行包放在脚边，可一群中国人每人坐一个位置，还要把行包放在旁边椅子上占着。我和张老师走过去，很有礼貌地说："这有人坐吗？能不能把包移一移？"那几个人头也不抬，理都不理。后来我跟张老师说："都说中国人很讲人情，其实只是在熟人圈子里讲人情，陌生人之间是很冷漠的，一点人情味都没有。"张老师直说："没错！"

我当然知道中国人中也有许多善良者，我无意拿丹麦人来贬低中国人，我只是朴素地想，如果在中国，普通的陌生人之间也能够真诚相待，多好！每个人在埋怨别人冷漠的时候，从自己做起，通过点点滴滴不起眼的行为，向周围的陌生人表达善意，送去温暖，我们国家每一个人的幸福指数不就上去了吗？

彼此的欢声笑语
将成为珍贵的记忆
而温暖我们未来的日子

此刻，我在哥本哈根飞往北京的万米高空上，写最后一篇丹麦访学日记。

上午，我、王艺蓉、和徊良、薛丹、张银霞及其女儿小雪花花 400 克朗包了一辆小车去机场。午后一点过，我们乘上回国的飞机，中途在莫斯科机场转机，五个小时后，重新登机向北京飞去。

现在，我在飞机上，看着窗外的夜色，脑海里却呈现出我们这个团队所有老师们的脸庞。两周前从家里出发时，我就知道会在丹麦之行中认识一批新朋友。两周过去，我和这个培训团队的每一个人都结下了真诚的情谊，他们的形象已经在我记忆中留下了不可磨灭的印象——

王瑜，温和而善良，随时都笑眯眯的，在我出演"梦幻

之旅"时担任摄像，留下了我限量发行的珍贵视频。临别时突然想起还没把演出视频拷贝给我，赶紧拿出 U 盘拷在我笔记本上。可见她多细心啊！还送给我一个冰箱贴，那份情谊也贴在了我的心上。

钟庆，气质高雅，容貌端庄，课堂上常常有超出一般的思考、质疑与追问。而且多才多艺，结业典礼上一曲越剧《红楼梦》，让老外虽不解其意却如痴如醉。临别前一夜的聚会上，随手给 Mogens 院长画的素描，栩栩如生。如果不懂什么叫"知性"，看看她就明白了。

李梦洁，圆圆的脸蛋，随时都在笑，我只在一个时刻没看见她笑，那是她担任翻译的时候，凝神谛听，捕捉老师的每一句话。她是临时做翻译的，但我很是吃惊，她的英文我听不懂，但我知道她驾驭中文的语言能力非常强。她大气而阳光，和她在一块，会感到内蒙古大草原的气息扑面而来。

张燕，善良而正直。和我谈教育，谈社会，谈天下，激昂澎湃；课堂上，常常有独到的见解，凸显其教授的功底。但更多的时候，她作为慈祥长者的笑容温暖着我们每一个人的心。给我买生日贺卡就是她的提议。在去乐高的大巴上，她给我一块饼，真是好吃！是我在丹麦吃得最香的饼。

张银霞，她说她更喜欢别人称她"兔兔老师"，开始我不得其解，后来抓拍她课堂上舒心笑容的时候，那两颗洁白如玉的大门牙使我明白她为什么叫"兔兔"。一天晚上在教室，她给大家讲童话故事，眉飞色舞，惟妙惟肖，极富感染力，老师们说："兔兔老师讲故事已经成为一个品牌。"这次她把她女儿赵雪带来了，活泼可爱、童趣盎然的雪儿给我们带来不少欢乐。

孙青，第一次在课堂上给她拍照老是曝光过度，我以为是我的相机出问题了，后来我才意识到是她肤色太白，于是我不得不降低相机上的曝光指数。蓝天下给她拍的肖像，张张都是大片。她很细心，那天送我两包重庆小面的泡面，我一直留着舍不得吃。直到今天早晨，我在哥本哈根一酒店里将她给我的泡面作为在丹麦的最后的早餐。吃得正香的时候，给她发微信表示感谢，而她已经在德国了。

王艺蓉，美得令人惊叹，瘦得让人心疼。特别爱为别人着想，大家饿的时候，她会送上饼干，那天早晨我没去食堂，她居然把早餐送到我房间。别看她是 90 后，年纪虽小却在好几年前就担任了江泽民同志专车的列车长。可她"命运多舛"：先是胯骨脱落，后是头疼发烧，一直到机场都还在病中，可她始终关心着她周围的人。在机场，她被商店工作人员冤枉，可谓天大的委屈，但她一会儿便释然了，还换位思考说"理解他们"。这让我们都很感动，也很感慨："你心这么好，胸襟又宽阔，你以后办幼儿园一定会成功的！我们都会帮你！"

张帅男，也是位 90 后小姑娘，活泼俏皮，阳光开朗，给我们带来很多快乐。学习期间一直忙个不停：拍照、摄像、制作短片……就像一只小蜜蜂一样。她所学专业和摄影有关，所以我俩常常切磋，那天晚上在星空下我们研究对焦，直到拍出灿烂星空。对了，当晚有一个细节得"载入史册"：因为太冷，冻得我鼻涕都流出来了，便问她身上有没有纸，她说"我回去给您拿！"居然转身跑回宿舍给我扯了一大把卷纸来，我感动得新的鼻涕又流出来了，还有泪——所谓"一把鼻涕一把泪"。

薛丹，个子小小的，说话柔柔的，走路轻轻的，笑容甜甜的。看到她，你可能会自然想到"娇小玲珑""温柔似水"之类的短语，或者干脆直接想到林黛玉。一路上她对我的照顾也是无微不至，一直惦记着我要买爱步鞋，到了机场还陪着我逛化妆品店。想起她就感到暖心。

和佝良，朴实厚道的陕西汉子，平时话不多，人好得不得了，和他比我就觉得自己奸诈。那天去北菲茵市专门买来酒请大家喝，也是在那天晚上我领略了他的方言。他说他们那里有人姓 liu，我问他是哪个 liu，他说："浏览的浏。"我正纳闷：有这个姓吗？问了半天，才知道他说的是——姓"辽"，"辽宁"的"辽"。可"辽宁"和"浏览"差多远啊！虽然和校长说话方言味很浓，但写的字却是纯正的中国书法，让人惊叹。临别前夕的聚会上，他感慨这次丹麦之行让他的思想有了升华，大彻大悟，似有今是昨非之感。大伙儿都祝贺他。今天早晨他来敲我的门，我以为他要请我帮什么忙，结果他叫我把泡面给他，他带了水壶可以帮我烧开水泡。过了一会儿，他就把一碗热腾腾的面给我端来了。

郭纯洁，人如其名，果真"纯洁"，为人朴实，待人宽厚。平时看上去老实巴交，但课堂上一演起士兵来却威风凛凛。我们都说，他不去演电视，这是中国表演艺术界的损失。

秦晓燕，曾在一个中午，用清亮而缥缈的天外之音，让我们渐渐进入昏睡状态。所以我调侃她"身怀绝技"，乃"忽悠"高手。她会中医，善推拿。结业典礼上，用八段锦当场招收外国门徒，彰显我中华文化自信。课堂讨论，常常有精彩发言，对幼儿教育有深刻的理解，让我佩服不已。

马乐，高鼻梁，凹眼窝，长着貌似欧洲人的面孔，貌似世界名画里的外国女郎，她自己却说绝无异族血统。在"梦幻之旅"童话剧中，她演的怪兽，令人恐惧。她能歌善舞，举手投足让人觉得她是《芳华》的主角。要命的是她还想让我也舞起来，那天在操场抱着我僵硬的老腿往上掰，弄得像小护士抱着老伤兵的残腿。众人捧腹大笑，我却哭笑不得。

王向晖，有一种不动声色的幽默，每次介绍自己时，总是挥着自己的两只玉臂："我在灰！我在灰！灰！"她的意思是她在飞，逗得众人哈哈大笑。她就是这样一个阳光的人，有她在就有快乐。

刘燕，一想起她，我就会想到那天晚上热剩面的情景。她知道我喜欢吃面，便早早通知我去红楼，到了那里却没有开门的钥匙，她和向晖着急地四处找人，好不容易打开了门却又找不到厨房的煤气开关，于是又四处找人……终于可以热面了，为了让隔夜剩面可口些，她们做成炒面。最后刘燕端给我的时候，还不停地道歉。等我吃完了，她和向晖还要洗碗刷锅，细心地收拾厨房。刘燕的善良贤惠由此可见一斑。然而人家可是大名鼎鼎的《读者》杂志编辑哦！真是"上得厅堂，下得厨房"。

郑如薇，大大咧咧，嘻嘻哈哈，马马虎虎，随随便便……对，我说的就是她。只要有三个人以上的群体，一定会有她的笑声或说话声。她说她来自"湖州"，其实是福州。说话的声音很特别，是从嗓子眼里挤出来的，而且有一股浓浓的"湖建"（福建）味儿。比如她说她的名字叫"郑卢薇"，我说："应该是郑——如——薇吧！"她说："对的，就是卢果（如果）的卢（如）！"我们都笑喷了。但她说英语却十分纯正，每当翻译郭老师疲惫不堪之时，就是郑"卢"薇大显身手之际。她是一个透明的人，和她相处你会明白什么叫作"心灵不设防"。

冯欣茹，又一个"林妹妹"，说话总是轻言细语，行动总是娇柔无力。听课时特别专注，美丽的眼睛真诚地看着老师，萌萌的，十分可爱。那天她请我给她拍照，蓝天下呈现出种种妩媚，突然右手一抬放在额边想遮阳，却意外地展示了她颇有几分气概的飒爽英姿。

周丽英，她当然也十分美丽，我给她抓拍的一张课堂肖像，端庄、知性、柔美。让人惊叹的是她的金嗓子。据说她参加过国际合唱节的演出，那天在教室里随便哼了几句，整个房间都回荡着天边飘来的声音，"人间哪得几回闻"。不过，结业典礼上她和钟庆合唱《纺织姑娘》时，我怎么听都觉得她没唱准，和钟庆不是一个调。后来别人告诉我，人家那是合唱，周丽英唱的低声部。哦，原来这叫"合唱"啊，涨知识了。

董瑞祥，和善，宽厚，谦卑，执着。丹麦安徒生国际幼儿师范学院之父，丹麦幼儿教育思想与中国幼儿教育嫁接的第一人，一个了不起的梦想家。因为他这个梦想，我们这个团队才得以形成，彼此才有缘相识；因为他这个梦想，安徒生童话的光必将一点点地照亮中国一个又一个幼儿教师的心灵。

……

　　从此一别，天各一方，但在丹麦安徒生国际幼儿师范学院度过的两周，让我们有了一个共同的名称："安幼人"。而彼此留下的欢声笑语将成为珍贵的记忆而温暖我们未来的日子。

　　有朝一日我们相逢，会同时想起丹麦北菲茵学院的"安幼"校园，校园里那一座红色的平房，平房北端那间明亮的教室，教室里授课老师温和而富于启发的声音，我们"梦幻之旅"童话剧演出的笑声，还有窗外明媚的阳光、流云掠过的蓝天，以及蓝天下辽阔的原野……

Part 2

再访
丹麦

《皇帝的新装》里
那个说真话的小男孩，
就是安徒生自己

　　我再次随"安幼"来到丹麦，这次是自费考察丹麦的中小学。

　　今天听了一位记者 Steen Ole Jørgensen 的讲座，他谈对安徒生的理解。

　　下面是我的课堂笔记——

　　我先介绍一下自己。我是一名记者，曾经在丹麦广播总局工作，也是老师，在一所普通的丹麦学校担任领导。两年前我从广播总局辞职了。辞职的原因是我想用所有的时间写书。你们要是真的努力学习丹麦语就可以读我的书了，读了我的书你们的丹麦语会突飞猛进。作为一个作家和举办讲座的人，现在我的工作就是研究安徒生对丹麦历史和文化的影响。在耶稣诞生之前的 500 年，欧洲就有了一种最初的民主自由的信仰。旧约时期，人们受到律法的重压管制，而新约挣脱了这种束缚。

这个自由，就是说人生来就应该是自由和平等的，有自由生长的空间。在丹麦，从 18 世纪中期开始，过去一百七八十年来，人的自由度越来越大，并被社会推崇。安徒生对此起了非常重要的作用。在我的书里，我不是把安徒生当作政治家来描述的，而是作为争取自由人权的角色来描述的，这也是安徒生对自己的定义与解读。在他的游记、诗歌、童话里，讲得最多的就是人的平等与自由。

安徒生出生于一个非常贫穷的家庭，很小就有写作天才。他 14 岁那年独自去哥本哈根闯荡，在那里通过自己的努力与勤劳脱离了贫困，在那里他接触了很多与文化相关的事物。安徒生生活的那个年代，是丹麦不幸的年代，以前丹麦控制着瑞典和挪威，而当时都失去了；但普通百姓却回到了一个相对自由的时代。

2012 年在一个私人家里发现了一个手稿，是安徒生寄给当年欧登塞的一位邻居的书信。人们都猜测那是安徒生的手稿。经过南丹麦大学安徒生研究中心细致严谨的研究，最终认定这份手稿的确是出自安徒生之手。手稿可能是在 1820—1822 年期间写的，那时他只有十六岁左右的样子。这个手稿看上去很孩子气，但即使是孩子气的手稿，人们还是能从他后来的童话和小说里看见它的影子。

在一首诗里，安徒生写道：光原本是干净的，但人们在使用烛光的时候，却常常让它受到污染，所以不愿意去点燃。然而人们会常常遇见小火苗，因为灯被点燃了，人们的心就被温暖了。当火苗蹿上来时，灯光就照亮了周围，也照亮了所有看见光的人。现在我找到了正确的地方去点燃蜡烛。蜡烛要在正确的地方点燃。点燃了蜡烛，人们就感到温暖，感到高兴。所有靠近灯光的人都会感到快乐。这里有一个基本的主题：有了灯光就会找到方向，有了这个光就可以分辨好和不好。

这只是一个象征。有一个灯光让我们发现善恶，有分辨能力。在我们国家，我们这个地方，在我们的信仰里，耶稣就是我们的光。人类点的蜡烛虽然有些脏，但也可以给我们指明方向。我们可以在安徒生最初的手稿里看到这个光。

我正在读的安徒生手稿，是在很小的范围内解读安徒生。他是一个非常有人文情怀、以人为本的人。

在安徒生的早年时期，丹麦非常强大。挪威、冰岛、格陵兰等都属于丹麦，在非洲和其他地方有丹麦的殖民地，在中国也有丹麦的租界。当时欧洲正处于战争之中。拿破仑想征服整个欧洲，当时丹麦的国王是站在拿破仑一边的，但拿破仑失败了，丹麦就必须进行和谈。战争之后，丹麦失去了已经统治了 400 多年的挪威。后来瑞典得到了挪威的统治权。这对于丹麦是一场极其严重的灾难：失去了三分之一的人口，40% 的经济收入。到 1813 年丹麦终于破产了。老百姓把愤怒抛向国王，当时的国王弗雷德里克六世匍匐在地向他的人民说"对不起"。因为国王这么谦虚，人民就原谅了他。这样一来丹麦就避免了一场流血性的革命。（丹麦是欧洲唯一一个没有通过革命暴动，而直接从君主专制转向民主制的国家。）从此丹麦进入了和平的过渡时期，迎来了丹麦最好的黄金时代。从 1815 年开始，这个黄金时代延续了大约 50 年。我们在艺术、文学、政治改革方面都有很大的发展。当时在全国范围内进行着一场大讨论：我们应该如何统治和管理这个国家？

那时在德国北部有一部分和丹麦接壤的地方，德国的一部分国土夹在丹麦国土中间。在丹麦和德国之间有着非常复杂的争斗，这让安徒生陷入一个尴尬的境地，因为他和德国人很友好。丹麦一方面在社会各领域有很大的发展，但同时在语言和其他方面与德国又有许多摩擦和争斗。安徒

生不想卷入丹德之间的争斗，他最亲近的交往圈在德国，他的著作最早也是在德国产生影响的。在政治争斗中，关于民主、国土等，安徒生都处于非常尴尬的境地。关于民主的争战，不仅发生在丹麦也发生在整个欧洲。以前一直是国王决定一切，但人民想把王权消除掉，争取民主。当时很多人愿意归属于德国，有一小半的丹麦人属于德国，一大半的经济属于德国。人们每天思考是当丹麦人还是当德国人。在这争战中，语言、经济、身份都让很多人进退两难，面临一个选择。

格隆维、安徒生、克尔凯郭尔是丹麦同一时期的三位思想家。格隆维是丹麦的现代之父、教育家、神学家；安徒生是价值观战士和人文主义者；而大哲学家克尔凯郭尔不喜欢民主，他批评安徒生的思想与作品毫无价值。安徒生曾经试图获得格隆维的友谊，但被格隆维拒绝了。格隆维曾经在街上遇见克尔凯郭尔，两个人在街上就打起架来。

我们不能仅仅闭锁在安徒生的童话里，还要了解他写这些童话故事的年代和史实，这是很艰难的争斗，像拳击一样。虽然丹麦是一个微不足道的小国，但她却是欧洲唯一一个和平地从君主专制走向民主的、没有流血的国家，推行民主的过程实际上是一场和平演变。那时全民都在讨论国家应该有什么样的制度。而在这之前人们却生活在非常艰难的君主专制时代，如果人们起来批评国王就会引来砍头之祸。但人们还是要发出声音，因为那时人民已经争取到了言论自由。结果就是，今天我们每一个人都可以平等对话。

丹麦的民主进程有一个很长的过程。在丹麦的民主社会里，我们都可以自由地思考和发表言论，可以自由地做自己想做的事情。这就是安徒生教育观念和他作品的思想基础。他为孩子们写书，开启孩子们的想象力和创造性思维。当孩子们感到自由快乐时，就会自由快乐地表达对事物的喜欢或批评。没有一个政府会在这里干涉你、控制你。不同年龄段的每一个丹麦人，都是生而平等的。安徒生不是政治家，他是为自由和人性价值奋斗的战士。

格隆维是神学家、诗人；克尔凯郭尔是哲学家，他不考虑国家只考虑人本身。格隆维是建立民主制度的关键人物。克尔凯郭尔则从人的本位出发，是向内思考。这两个大思想家之间，夹着安徒生。1830—1840 年的社会争论中，那两个人发表了许多关于宗教、人本的观点，安徒生将这两人的观点都综合进了他的童话里。改变是在 1855 年，那年安徒生写了《我的一生》。

"政治不是我考虑的事情，在政治的范围内没有我的立足点。人们会选出他们的政治家，我只是一个作家。"1845 年，安徒生写了《卖火柴的小女孩》，他虽然自称不是政治家，但他通过童话表达自己的政治观。在这篇童话里，安徒生表达了他对弱小群体的同情与关怀。1852 年安徒生写了《她不配》，这个童话讲的是他母亲的故事。她以给富人洗衣服而糊口，因为在河水里洗衣服需要靠喝酒来取暖，最后她死于酗酒。付丧葬费的富人说，她根本不值得我为她付丧葬费。1837 年他写了《皇帝的新装》，安徒生把自己写进了那个小男孩，那个小男孩就是安徒生自己。只有从孩子眼里，我们才可以看到一个真实的世界。

1843年安徒生写了童话《夜莺》，是写中国皇帝的。这个中国皇帝听到他的花园里有夜莺唱歌，就派仆人去找，仆人们也成功找到了。当夜莺开始唱歌的时候，皇帝就感动得流泪，夜莺便唱得更加美妙。后来皇帝收到一个从日本寄来的包裹，里面有一个人工夜莺，就是音乐盒，它不停地歌唱。听到假夜莺歌唱后，皇帝便让真夜莺走了。真的夜莺便获得了自由。因为皇帝的恩宠，这个夜莺的身价也提高了，它每次出行都有12个仆人跟随。每一个仆人手上都有一条金绳子，可见皇帝并不是真的给夜莺以自由。后来皇帝生了重病，所有人都认为皇帝要死了，甚至有些人认为皇帝已经死了。他们以为会迎来新的皇帝。但皇帝没有死，他大喊大叫，看着音乐盒。可音乐盒已经坏了。这时候在外面的树上真夜莺开始唱歌，它专为皇帝唱歌，一直唱到皇帝睡着了，第二天皇帝醒来后就变得健康了。然而皇帝醒来后，发现周围的仆人全部走光了。于是皇帝对夜莺说："你一直都要跟我在一起，你想唱就唱，我要把假的夜莺砸成千万个碎片。"然而真夜莺却说不能砸，因为音乐盒已经尽其所能做到了最好。夜莺告诉皇帝"等我有空的时候来给你唱歌，但你不能给我限制条件，你不要约束我"。这是皇帝和夜莺之间的秘密。从那时起夜莺就获得了完全的自由。当所有仆人以为老皇帝已经死去，新皇帝已经登基，都重新回来了，老皇帝说："你们走吧！"安徒生用这个童话表达什么是真正的自由。

当时有人控告安徒生不是丹麦人，不维护丹麦的利益。就像现在川普批评一些美国人不是美国人，因为他们不愿意保护美国的利益。在很长一段时间里，安徒生觉得是自己的错，他承认人家对他的控告。他当时在日记里写的内容是对抗丹麦利益的，他愿意为自己承担责任。于是他写了一首歌《我出生在丹麦》，以此向公众表明"我是丹麦人"，"我爱我的祖国"。通过这首歌他百分之百地确认"我就是丹麦人"。写了这首歌后德国人对他又不高兴了，许多德国朋友都拒绝他，当面批评他，因为他当时在德国。但因为这首歌，所有丹麦人都尊敬他。

安徒生曾向格隆维示好，格隆维是当时非常有影响力的神学家。但在丹麦是政教分开。格隆维拒绝了安徒生的示好。作为一位神学家，他并不是完全认同安徒生对宗教的解读。基督教信仰的基础是三位一体（圣父、圣子、圣灵）。圣父就是上帝，圣子就是化成人类的耶稣，他像人一样死去，他被钉在十字架上，他在死后第三天复活，第四十天后升天。父就上帝，子就是人和上帝的结合，圣灵无法证明的，只是一种灵感。我希望我的讲座能激发起你们的灵感和想象。安徒生不相信复活，他把耶稣当作普通人来看，是一个人道主义者，或者说人类的精神领袖，但他没有神性，安徒生对基督信仰的这种理解与认知恰恰违背了基督教的基本原则。所以格隆维拒绝了安徒生的示好。

我再讲一个故事《区别》，这是安徒生1851年写的。安徒生写了许多自然界的东西。这里他写了布满花苞的苹果枝。苹果枝看不上田里、沟里丛生的那些花儿，认为它们像野草一样，连名字都很丑。它庆幸自己不是它们这类植物中的一种。但太阳光吻着盛开的苹果枝，也吻着田野里那些微贱的花儿。造物主将苹果枝创造得漂亮可爱，不过，那些不起眼的花儿也以另一种方式从上天得到了同样多的恩惠。两者虽有区别，但都是美的王国里的孩子。这个故事就是说，大家都平等。苹果枝也好野花也罢，大家有区别，但都是平等的。

我把安徒生当作教育者，这些教育观在安徒生童话里有表达。安徒生的故事都是为了启发孩子们的，启发孩子们的想象力和创造性。没有权力的干涉，没有制度的干涉。这是我们内心深处对孩子的信任。这是安徒生在孩子睡前给孩子讲故事。安徒生写了他的人生信条，有28条，都是表达自己的思想。第一就是对孩子的爱是最大的，最重要的。第二要有趣，这不是对死气沉沉的文字，而且是要创造一种好的氛围。在这过程中，他自己也很愉快，他在给孩子讲故事的时候他自己也变成了孩子，他表扬自己。在日记里写道：孩子们吻我，孩子们特别喜欢我。我站起来的时候，孩子们都哭了。你们应该在你们的工作中展示你们的爱，为了让孩子们愉快高兴，你们要非常努力。当孩子们离开你的时候都哭了，那你可以在任何幼儿园找到工作！

他不是为所有孩子都当面讲过故事，而只是为能见到的一部分贫苦孩子。许多人都邀请安徒生，安徒生很高兴，邀请他的人也很高兴。无论他自己怎么表扬自己，他都不高看自己，永远给孩子们带去快乐。亲爱的中国朋友们，当我们选择了教育这个职业，我们可以有两个方向，一个是引导孩子们成为好的"公民"，循规蹈矩的所谓"好公民"，丹麦的早期教育都是这样的；另一个是现在根据孩子的兴趣来塑造他们，教孩子一些有益的东西，激发他们的活力，不仅仅成为好公民，还成为他们自己，成为社会的一分子。安徒生就是属于第二个方向的。他为孩子写作，在成人和孩子之间制造信任的空间。孩子就可以向成人世界完全打开自己。

最后举一个例子，上周丹麦著名的歌星 Kim Larsen 去世了，他去世时 72 岁，你们昨天在机场被接到的时候，有五万人在聚会纪念他，在丹麦这是很多人了。大家一起唱他的歌。但是 Kim Larsen 生前拒绝了皇家授予的荣誉。这个歌星和安徒生一样是一位伟大的教育者。读一点格隆维，读一点克尔凯郭尔，读一点安徒生，把 Kim Larsen 的歌本带回去。

"无论是读职业学校，
还是读高中将来读大学，
都是孩子自己决定……"

——访斯莱特学校（上）

　　早晨七点十分，郭斌老师开车来接我去斯莱特学校，Otterup Sletten Skole 担任翻译。郭斌老师的老家是成都，但她来丹麦已经多年。她曾经在外企担任高管，现在从事有关教育方面的工作，也是"安幼"的老师。

　　今天和她一起陪我访问这所学校的，还有 Lisa Johansen 女士，她是丹麦一家终生学习机构的创始人，目前专注于中国和丹麦之间的文化和教育交流。今天这所学校，就是她为我安排联系的。

　　斯莱特学校是一所学制九年的普通学校——丹麦的小学和初中都是连贯的，没有单独的小学和初中，也没有所谓的重点学校和非重点学校，因此这所学校是很具有代表性的。不到八点，我们的车停在了学校外面。我看到有许多学生已

经到达学校，无论是大孩子，还是小朋友，或骑自行车，或步行，都是自己背着书包到学校来，我没有看到一个送孩子上学的家长。

学校分管国际部的负责人 Morten Lorentzen 老师和一位名叫 Sara 的女孩接待我们。Sara 是八年级的学生，今年 14 岁。Morten 老师介绍说，Sara 是学生会主席。

听了郭老师的翻译，我心里有些诧异：丹麦也有我们中国所说的"学生会"？我问郭老师："丹麦也叫'学生会主席'吗？"她说："丹麦语是

elevrådsformand，翻译成英语为 student council chairman，那么中文翻译就是学生会主席。"

我和 Sara 简单聊了几句。我问："你是如何被选出来的？"

她说："先从每一个班选出一个候选人，每一个候选人都是本班学生投票选举出来的，然后把所有候选人放在一起，在全校重新再选一次，选出最后的学生会主席。"

我笑了："看来你是民选的主席了！"

她也笑了，有些羞涩。

我追问："学生选出的人学校都同意吗？"

她说："嗯，我们这个选举都是我们自己的事。当然我们有些想法也会跟学校交流，如果我们的倡议不可行，学校也会给我们建议。"

说着，八点十五到了，Morten 老师请我去看他们 1—6 年级孩子唱歌。

我们来到一个类似于室内体育馆的场所，里面已经站满了小朋友们。先是校长给他们介绍我，我也听不懂丹麦语，但很快孩子们都鼓掌了，对我表示欢迎。然后他们开始唱歌，声音稚嫩、清澈、和谐，让我想到教堂里的赞美诗。郭老师告诉我，歌词大意是歌颂自然，歌颂生命。

唱完歌，孩子们又开始随着大屏幕上视频里的领舞者扭动腰肢，挥舞双臂，蹦蹦跳跳。气氛极为欢快。Sara 也站在边上跟着跳，老师们也跟着跳。我注意到，在队伍的最前面，有一个坐着轮椅的小男孩。唱歌的时候他也一起唱，跳舞的时候他也随着节拍舞动双手。我听说过，在丹麦对学生的关注落实到了每一个人，尤其是对残疾儿童的关怀更是无微不至，不让他感到丝毫不方便或受冷落。包括今天这种集体活动，也让每一个孩子都参加。

我问 Morten 老师学校有多少学生，他说有 200 多人，每一个班 20

个左右。他又跟我解释，学生们在这里唱歌、跳舞，这种形式就是让不同年级不同班级的孩子有一个互相认识一起活动的机会，不然平时每个孩子都在自己的教室里，和其他孩子互不认识。而通过这个活动能让孩子们对学校产生归属感，在快乐中认同学校。另外，这个环节其实也是让孩子从家里到学校有一个过渡，包括一些孩子可能会迟到几分钟，没关系，反正大家都在唱歌跳舞，还没有开始上课。

我问Sara："我看你也在旁边唱和跳，你低年级的时候也到这里来唱歌跳舞吗？"

她说，是的，她一年级就在这里读书，从1—6年级每天早晨都有这个活动，7—9年级的同学则每周一次。所以她会唱也会跳。

集会结束后，孩子们开始在学校跑步。Morten老师说，这些孩子们跑步也是在做公益。我问怎么"做公益"。他说，孩子们跑一圈或两圈三圈等，都有"报酬"。这个"报酬"实际上就是他们自己去筹款。比如，他们跑了一圈，爸爸妈妈或爷爷奶奶等就会给他们两块钱，或五块钱十块钱，跑得越多筹款当然就越多。这笔钱统一交给学校，专门用于帮助需要帮助的人，或捐给社会公益项目。

在和 Morten 老师聊的时候，一群群的孩子从我们身边跑过，或三五个，或一两个，包括低年级的小家伙，跑得特别带劲。当他们跑进阳光里的时候，逆光为他们瘦小的身姿画上金色的轮廓，于是阳光也跳跃起来。

看完跑步，我们又回到刚才的房间里。Sara 很大方地接受我的采访。我问她："平时作业多吗？"她说："没有课外作业。"我又问："那你课余做什么呢？"她说："我就做我喜欢做的事。放学后我会参加许多课外活动，我喜欢唱歌，喜欢跳舞。"

Morten 老师补充说："Sara 是一个在唱歌、跳舞方面很有天赋的孩子，歌唱得非常好。"

她又说："当然对于我感兴趣的话题，我会花很多精力去做，比如课堂上学的东西我还需要回家查资料等，但这是我愿意的，没有被动强迫的感觉，没有压力。"

Morten 老师说，大概十年前学生的家庭作业也比较多，后来经过跟踪调查研究发现，学生的学业、能力的提升与家庭作业的多少并没有必然的关系，相反还会妨碍他们综合素质的提升，甚至可以说家庭作业没有什么益处。因此现在倡导学生在学校就集中精力学习，回去后便做他们感兴趣的事。

我又问 Sara："作为学生会主席，你平时都做些什么呢？"

她说："我主要是了解和搜集同学们对学校的意见，还有我们的需求，然后把这些整理出来，和其他几位副主席一起与学校沟通。如果没有谈好，还要和学校约定下一次沟通时间。这些组织工作都是我的任务。"

我问她："你对中国教育有了解吗？"

她说："我感觉中国的学生学业负担比较重，很不容易。"

我问："你怎么知道的呢？"

她说她是通过一些书籍还有网络上的资料，包括一些关于中国的纪录片，得到的这些印象。

因为她得去上课了，所以很有礼貌地向我们告辞。

Morten 老师在和我们聊天时说到"十年级"，我很好奇："什么叫'十年级'？学生不是九年级就毕业读高中了吗？"

他说："十年级，就是初中和高中之间的过渡阶段。有的孩子还没有调整好，还没有想好自己将来做什么，还没有作好读高中或者读其他学校的思想准备，好，我们就给他们一年的调整时间。"

我问："那这一年学什么呢？"

他说："一样开课，各学科知识都有，也许他过去学得不够好，通过十年级的学习能把这些知识学得更扎实些。"

我说："相当于补习班，重读一个初三。"

他说："不是。学业是一方面，让他学得不那么急，一下子就读高中，给他一个缓冲。更重要的是，作为人来说，他也需要思考，把自己未来做什么想透，然后再作选择。因为接下去的学段又是一个人生阶段。这是让没有思想准备的学生缓一年，好好想想。"

我问："每一个学生都这样吗？"

"不，由学生自由选择。有的学生直接就读高中了。" Morten 老师说，"由本人提出申请，家长和老师，包括任课老师，都要帮着孩子分析，当然最主要是学生自己决定。从八年级开始就帮助学生进行综合评估，学习分数是一个方面，但不完全看分数，还要看学生的行为举止、个性发展、精神状态等，是不是具备了作为一个人应有的成熟和健全。如果没问题，那就直接上高中，如果觉得还不行，那就缓一年，读十年级。学生也专门有一个顾问或者导师负责帮学生评估。"

我问："我还是关心，这十年级具体开的课程有哪些？"

Morten 老师说："十年级开的课和九年级差不多，但不是重复教学，可能授课方式不同，更有个体针对性，让学生把以前没有学好的学得更好，最主要的是关注学生的成熟度，包括行为举止的成熟度，让学生在学业和心智方面同时成长，能够更健康更从容更自信地进入高中。"

Morten 老师又专门解释说："其实学生读完九年级后，除了直接读高中，还有两个选择，一个就是读十年级，还有一个是读青年中学，注意，还不是高中。这也是让学生有一个过渡。青年中学是专门针对青春期孩子开设的，也是让他们学业和心智更成熟。"

我有点糊涂了，问："十年级和青年中学，都是让学生在九年级和高中之间有一个过渡，那这两者的区别在哪里呢？"

Morten 老师说："十年级开设的课程和九年级没什么不同，而青年中学开设的课程更注重学生的兴趣方向，比如有运动方面的课程，有音乐或其他艺术门类的课程，甚至学生喜欢玩电子游戏，也开设这方面的课程，有电子竞技的课，还有机械制作方面的课程，让学生把青春期的能量释放出来。另外，十年级的学生不住校，而青年中学的学生都住校。青年中学是为特别想挣脱家庭进入社会的孩子提供成长帮助的。青春期的孩子不愿意跟家长沟通，觉得家长什么也不懂，但他进入社会又显得特别稚嫩，青年中学的老师会给他许多帮助。"

我问："不是每一个九年级的学生都必然进入这个过渡阶段，是吧？"

Morten 老师说："是的，多数学生还是直接上高中了。十年级的学生是免费就读的，但上青年中学是要交费的，这不是义务教育。这是为学生多提供一种选择。"

我问："上十年级或读青年中学的人大概占九年级毕业生的比例是多少呢？"

Morten 老师说："有一个总的数据，74% 的学生读完九年级后直接读高中，另外 26% 是读十年级或青年中学。但因为每个地方不一样，这个比例也有所不同。我的孩子就是直接读高中的，多数孩子都是直接读高中。过去也没有十年级和青年中学，这种形式是后来出现的。青年中学帮助学生找到自己的兴趣爱好，给学生提供很多种发展方向，比如学生喜欢木工，喜欢花卉等，就开这方面的课程，然后在职业方面去引导学生，看他们将来适合做什么。有的学生喜欢电脑游戏，就让他专业地玩电子游戏；有的喜欢修车，那就让他体验修车。他们可能暂时不读高中，不上大学，而是读完青年中学就读职业学校了，当然以后也还可以读大学。在丹麦这些渠道都是畅通的。也就是说，学生读了职业学校之后，如果兴趣改变，将来还有机会读成人高中，之后同样可以读大学。丹麦大学什么年龄的人都可以读，因为我们倡导终身学习。政治家也不希望大家都去读大学，因为国家也需要工匠。"

我问："青年中学的学制是几年？"

Morten 老师说："一年。也有学业课程，也要考试的。不是说读了青年中学，就不要学业而天天玩自己感兴趣的事，那只是一个方面，但所有学业都还得学，因为有孩子还要读高中的，学业不能中断。"

我问："您刚才说十年级是免费的，但青年中学要收费，那收多少呢？"

Morten 老师说："是的，十年级不需要收费，但青年中学需要收费，而且很贵，一年大概八九万（相当于人民币八九万），但不同的家庭可以得到不同的补助。"

"另外，" Morten 老师说，"还有学生读完九年级可能会选择读职业学校。从八年级开始，我们就要带学生去各职业学校参观，喜欢做头发的就去看美发学校，喜欢修汽车的就去看汽修学校。我们要让孩子们知道并熟悉他们感兴趣的行业，而且去体验，便于他们作出选择。这也是他们的一种知情权，我们应该尊重。如果学生真的对某个职业感兴趣，我们还会让他跟班听课三天，让他真正了解这个职业，才好最终作决定。"

我问："是你们学校或者北菲茵才这样吗，还是全丹麦都这样？"

他说："都是这样的，当然也许呈现的方式有所区别，但都得引导学生在 7—9 年级开始初步的人生选择，一定要让不同兴趣爱好的学生去体验一些不同的职业。无论是读职业学校，还是读高中将来读大学，都是孩子自己决定，因此必须让他们有足够的了解。"

他说："青年中学还有一个意义就是，让孩子明白自己将来最适合做什么。国家也在引导教育的方向，就是让学生分流。以前都是大量的学生读高中，读高中就意味着读大学，读大学主要是做学术研究，但并不是每一个学生都适合读大学，有的就适合做木匠，或者铁匠。因此青年中学就给孩子提供各种机会，让他们明白自己将来适合做什么，也许自己更适合做家具、修汽车。这样学生可以选择不读高中，而读职业学校。当然，如果他以后还想读大学，那也可以读大学，不过是比其他人晚点而已。"

我问："现在丹麦有多少这种青年中学？"

他说："246 所青年中学，去年大概有两万八到三万学生选择青年中学。"

聊着聊着，上课时间到了，我们去听课。

"培养公民，
就是一个教育者
最大的自豪！"
——访斯莱特学校（中）

　　我们来到九年级 A 班的教室，Brian Andersen 老师正在讲民主辩论和民主运动，有两个讨论的话题，一个是关于人口贩卖，另一个是关于废除死刑。学生们分组讨论，发言者手里拿一个球，他说完了，便把球扔给另外一个同学，那个同学接到球便发表自己的观点。各个小组都在认真讨论，课堂气氛比较热烈。最后是老师统计各方观点的人数，让同学们举手表达意愿，比如：同意废除死刑的人有多少，赞成死刑的人有多少？学生们举起手中不同颜色的纸牌表达自己的意愿。

　　下课后，通过翻译和 Brian 老师交流，我才知道原来这是一堂英语课！他们的母语是丹麦语，所以英语课也是他们的"外语课"。我说："我还以为是一堂社会课，或类似于我

们中国的政治课，原来是英语课。既然是英语课，为什么不进行语言训练，而要讨论这些社会政治话题呢？"

他说："我不对他们的观点作任何评价，话题只是一个工具，或者说一个载体，他们怎么想我不管，无论是人口贩卖还是废除死刑，在我这里都没有标准答案，这是开放性的话题。我只看他们用英语表达这些观点是否正确。语言不能简单孤立地学，必须在生活情境中学，在自然而然的运用中学。"

我说："通过这种方式，既训练他们的语言，又训练他们的思维，更扩大他们的视野。是吧？"

他说："正是。我不是为考试去设计教学，要让学生在思考中锻炼自己的语言能力，用英语表达观点，就是我们要培养学生的一种技能。同时这种话题，对学生来说也是有用的。当然要训练语言，但更要培养思维习惯。这些讨论是开放性的，让他们形成思辨能力。"

我想到这是九年级的学生，便问："这些学生已经有了一定的语言积累了，但对低年级的学生来说，恐怕仅仅用这种方式教学就不太合适吧？"

他说："低年级和高年级的教学肯定是不一样的，低年级要让学生具备基本的语言技能，需要词汇积累，也要讲语法，但更重要的是，一定要让学生把语言作为一种手段，让学生运用语言表达观点。"

说到对学生的考核，Brian 老师说主要是根据每一个学生的情况来考核，看学生的语言能力是否有所提高。比如他会给学生一些资料，看学生的理解能力，能否自如地运用英语表达他的观点，包括语言的准确度……这些都可以看出学生的英语能力。

他一边说，一边拿出一个评分表给我看，上面有每一个学生的打分情况，而且都分类评分，比如有听力，有阅读，等等。他不是统一打分，而是根据每一个学生的特点来考核。这些考核，都是根据自己的判断给分。

我还想问"操作性"，比如，怎么根据每一个学生的特点来考核？完全根据自己的判断给分，是不是太主观了？后来想算了，我又不是教英语的，越问越细，反而把有限的时间耽误了。

说到分数，Brian 补充道："这个分数只是帮助我们了解学生的一个参考，孩子不是被分数激励的，他们完全可以不在乎这个分数，而且大多数孩子的确是不在乎分数的。如果有学生不想学习这门课，我不会用分数去'激励'他，而是和他的父母，还有他的其他老师一起来商量，用一种适合他的方式去教他。同一个方式并非对所有孩子都是适用的。我不知道什么是最好的方式，但我会根据学生的情况不断去努力适应他们。"

不断适应学生，而不是让学生适应老师，这是最触动我的一点。

和 Brian 老师交流完，两个中年男子走过来，面带微笑地和我打招呼、握手。原来这是他们的一把手校长 Mads Arvidsen 和分管教学的副校长 Anders Mikkelsen。他俩把我带到一个会议室，并解释说："本来应该在办公室正式接待您，但因为办公室正在装修，很抱歉只能在这里接待您了。"

我说："没关系，这里很好的。"

Mads 校长说他看过我的有关资料，知道我也是一个教育者，出版了不少著作，愿意回答我关心的问题。

我问有多少时间可以交流。他说："45 分钟。"

我先问 Mads 校长学校的规模，他说："学校招收的是 0～16 岁的学生，共 800 个学生，除了这个校区，还有两个校区。"

"有多少老师呢？"

"上课的老师有 60 个，还有 40 个辅助老师，也是教育者，只是不上课，他们负责学生的课外社团、各种俱乐部等。在低年级，这些辅助老师还要在教室里配合上课老师的教学。"

我问："辅助老师帮助上课老师什么呢？"

他说："如果一个孩子情绪不好，不想上课，来了心情也不好，辅助老师就会去帮助这个孩子，开导他。"

翻译郭老师特别给我解释，所谓"辅导老师"可以直接翻译成"教育者"，他就是教育者，只是不上课。

我问："每个班都有两个老师吗？一个上课老师，一个辅助老师？"

他说："我们的规定是每个班不能超过 28 个人，只要班额突破 28 个，就得分为两个班。另外，如果班额比较大，比如超过 20 个接近 28 个，就一定要安排两个老师。一个上课，一个辅助。"

我又问："我们中国的学校有班主任，丹麦的学校有班主任吗？"

他回答说："有的。为了保持对孩子教育的连续性，1—3 年级、4—6 年级、7—9 年级都不换班主任，也就是说，一个班主任得陪学生三年。一般来说，班主任由教语言和教数学的老师担任。"

他还介绍说，为了不让一个班主任承担所有的负担，每个班都安排了两个班主任，分担学生的教育工作，当然以其中一个班主任为主，而且一跟到底，中途不换。

我想，这和中国差不多嘛！以前曾经听一些专家说，"班主任"是中国特色，最早是从苏联学来的，资本主义国家没有"班主任"一说。看来这个判断是片面的。几年前我在韩国，也请教过当地的老师，问韩国有没有班主任，答案也是肯定的。

　　我问："请问您作为校长，平时考虑最多的问题是什么？"

　　Mads 校长回答说："我的副校长 Anders 面对学生，面对老师，面对家长，面对课堂。而我作为校长，面对的是当地政府，每年政府给我5500 万丹麦克朗，如何让我的幼儿园和学校做得最好，达到最好的效果，这是我平时考虑最多的问题。当然，学校其他方面虽然由我的副校长分管，但我们是一个管理团队，重大事情我们都要一起研究商量。比如昨天就发生了一件非常麻烦的事，我就得出面和家长打电话沟通。虽然昨天只发生在一个孩子身上，但处理不好会影响整个学校，所以我们必须和整个管理团队沟通交流。"

我心想，和中国校长也差不多嘛！

我又问："你对学校管理有多大的自由？比如学校发展的规划，课程设置，等等。"

他回答："教育部有国家的要求，地方政府也有要求，但这些要求是一个宽泛的原则，只是一个要达到的目标和水平。我会根据这些目标制订我的学校发展计划，但是，具体开设什么课程，用什么教材，怎么教，完全是老师自己的事。我不管老师们用什么教材。我们会提供给他们许多教材，让他们自己选择。"

我问："如果老师在这些教材范围里选不出他满意的，他可不可以自己开发教材，甚至自己决定开设一门课？"

他回答："当然可以。比如开学时，有老师说丹麦语这样上不好，这种教材也不好，他想以自己的方式用另外更好的课程和教材，我当然会给老师这种自由。但我会经常走进这个老师的课堂。这个班级为达到目标所采用的方法，不是我的任务，是老师的任务，老师怀着责任感去教就行了，只要他能够达到教育目标。"

我问："你们如何管理教师呢？如果对教师不满意可以解聘吗？"

他回答："我们是公办学校，但我是校长，老师在这里工作，都是我雇佣的，如果对老师不满意，我是可以解雇的。这是我的责任，我必须保证每一个老师都是合格的。"

我问："丹麦有职称评定和评优选先之类的事吗？"

他回答："没有。"

我问："没有这些激励措施，那你如何保证你的老师的责任心和专业能力呢？"

他回答说："打个比方吧，我会把有经验的老师和缺乏经验的老师组合在一起，让有经验的老师去带一带没有经验的老师，帮助后者提升。当然，学校里哪个老师强，哪个老师弱，我心中是有数的。我经常跟老师进行一对一的对话交流，我会利用这种交流的机会，把我的赞赏或我的建议传达给他，鼓励或帮助他。在下一年制订学校计划的时候，我会把许多优秀老师的建议和想法写进去，让他们以这种方式参与学校发展，他们会觉得自己被欣赏。"

我问："如果遇到确实不负责任或者经过努力也无法达到教学要求的老师，怎么办？"

他说："这样的老师肯定有。我会给他机会，分管校长会找他谈话，给他指出问题，提出改进的建议，我也会找他谈话。不会一下就解雇。但如果实在不行，那我肯定不会再用了，我会亲自找他谈，告诉他不适合在这里工作了。但丹麦有强大的工会，会维护每一个老师的权益，比如工会规定，被解雇的老师根据一定的工作年限，会得到六个月的工资，让他有半年的时间找下一个工作，所以不会把老师一下子推向极端的境地。我的压力不大。当然，有时候被解雇的老师不一定都是不称职的，也可能是因为预算不够，不得不减少老师。"

我问："教师之间的工资有差别吗？"

他说："在丹麦，校长无权决定老师的工资是多少，每个老师所教的年级和科目如果相同，那工资是一样的。12 年中，老师的工资有三个晋升的阶梯，只要没有大的失误，只要到了那个阶段，自然就晋升。只要没有大的问题，根据工作年限老师的工资自然增长，所以我没有压力。"

我问："教师的工资在社会上属于哪种档次？"

他回答："属于中等吧，比医生、警察高。我们老师都为自己的职业感到骄傲，感觉社会地位不错。当然，我们是民主国家，媒体上什么声音都有，也常常批评我们公立学校的老师。这很正常。但总体上讲，我们还是很受尊重的。我们这个职业很有安全感，整个保障体系也很完整。"

我问："老师们的工资都一样，也没有额外的奖励，那他们从事教育工作的动力从哪里来？"

他看了看我，然后非常郑重地说："我们的老师，作为公立学校的教育者，的确特别为自己的工作自豪，他们是把我们一代一代的孩子塑造成适合民主社会的公民。到学生毕业的时候，他已经是丹麦的公民，这就是我和我们的老师，作为丹麦公民，觉得最有意义的事情，这就是最大的激励！培养公民，就是一个教育者最大的自豪！"

"培养公民，就是一个教育者最大的自豪！"听到这里，我热血沸腾。

"学生脸上充满微笑，这就是对我最大的奖赏"

——访斯莱特学校（下）

　　告别了校长，我又来到一个教室听课。这是一节数学课，主要内容是关于数学和 IT 的结合。学生依然分小组围坐在一块儿。有两个老师，Jytte Damgaard 和 Troels Mortensen，但他俩都没有讲课，而是巡回与个别学生交流，估计是在指导或答疑。郭斌老师的孩子也在这个学校读书，她告诉我，这里的课堂很少有老师长时间讲的时候，都是启发学生自己学习。她指着两个老师说，那个高高的胖胖的老师是主要老师 Jytte，另一个相对年轻点的男老师 Troels 是协助教学的老师。

　　我特别注意到，每一个小组的桌子上都有一个麦克风，而教室黑板的一侧安装有一个像喇叭一样的特别设备。Jytte 老师脖子上也挂着一个麦克风。郭老师告诉我，靠近那个设

备的一个孩子完全没有听力，为了让这一个孩子能够听到声音，全班同学都用麦克风发言，声音通过黑板边的设备传到那个孩子耳朵里。

这就是中国教育者经常说的"为了每一个孩子"。

课间，我们和Jytte老师聊了一会儿。她说这个班是"自然与科学"。我没听懂，什么"这个班是'自然与科学'"？

郭老师向我解释道："这个学校的7—9年级每个年级的三个班，都分了三个不同的方向——自然与科学，语言与文化，表演与艺术。所谓'自然与科学'不是说他们学的和另外两个班的课程不一样，三个班的基本课程都是一样的，只是他们除了统一的课程还有侧重的方向。不同方向的班每周都有三个小时做和他们所选方向相关的事，基础课程都一样，比如丹麦语、数学等都一样学。这个班侧重于自然与科学。另外两个班就还要做跟语言与文化，或者表演与艺术相关的事。"

我问："所学的统一课程要求都一样吗？比如这个班是自然与科学，那数学是不是就要学得多一些，或者深一些呢？"

Jytte老师说："不是，都是一样的程度。但是，比如同样是学数学，我会让我的学生更多地从自然与科学的角度理解数学。我同时又教他们物理和生物，我会让学生多角度地去理解数学。所以，不是多学，而是多角度地学。"

我问："我看教室里有两个老师，有什么分工吗？"

她回答："学生的数学程度是不一样的，我俩会分工指导不同的学生，互不干扰，但让所有学生都能够向前推进学习。否则，如果都一样要求，那学得好的和比较弱的都学不好，都会受影响，最后都没兴趣。我们课前都会给学生一个学习单，有的是动手实践，有的是理论学习，这是要达到的目标，但每一个学生的情况不一样，有的可能已经完成了理论学习而进入动手实践了，但有的学生还在理论学习阶段，我们就要分别予以帮助。"

我问："这样的教学，对你的最大的挑战是什么？"

她说："我已经教书32年，对我来说最重要的不是知识本身，而是找到每一个孩子怎么学是最有效的，我必须去观察去了解。我必须根据我对学生的了解为他提供最适合他学习的方式，这是对我最大的挑战。所以我必须用眼睛看每一个学生，然后给孩子以最适合的指导。我给每一个孩子的建议，都是不一样的。这就要求我必须有足够的知识量，同时我还得了解孩子的心理，我得了解他在课堂上的状态，他的接受程度，得去引导他。我不是在教知识，我是在用最适合他的方式引导他。最重要的不是教给孩子知识，而是教他们如何获取知识。知识不是最重要的，孩子永远是最重要的。怎样才能让孩子发展得最好，这是最重要的。"

我问："您认为在这过程中，作为教师最重要的品质是什么？"

她说："温暖和爱。不要让孩子感觉老师对他失望，而要让孩子感受到老师的鼓励，这种充满温暖和爱的鼓励对孩子特别重要。"

这时候我们身旁走过一个女孩子，看样子是中东来的学生。她就顺便举例说："有的孩子从别地移民或者是作为难民过来的，如果从低年级就过来还好，除了语言障碍，其他学习都没大的问题，但从高年级过来就不好了，学习进度都不一样。比如刚才走过来的那个孩子来自叙利亚，到丹麦已经两年半。当初的数学成绩和别人差距太大，但是这个孩子现在的数学已经跟别人一样了。为了这个女孩，我花了好多好多时间和精力，就为了帮助她提高数学成绩。我现在特别高兴的就是她已经跟其他学生的数学一样好了。"

我问："您给这些学生花额外的时间和精力辅导，学校给你额外的报酬吗？"

她笑了："没有。学生成绩提高之后脸上的微笑对我来说就是最大的报酬。我看到孩子们刚进来的时候，成绩不好，没有自信心，可是离开我的时候，成绩提高了，我很欣慰。学生离开我以后，不管他们从事什么职业，面对社会挑战时充满自信，作为一个公民，他们能够为国家和社会尽自己的一份力，然后一代一代回来看我，脸上充满微笑，这就是对我最大的奖赏。我希望我能够看到更多这样的微笑。"

Lisa 女士的眼泪一下就下来了，她一边擦着眼泪一边翻译。

我禁不住对这位数学老师说："您很伟大！"

她说："谢谢！我是一个用心做教师的人。"

我说："我也是。"

我俩紧紧握手，拍了张合影。

午餐时间到了，郭老师请我到她家"简单吃点"，因为是老朋友了，我也就没客气，跟她上了车，五分钟便到了。这是一幢独立的房子。坐在房间里，落地窗外阳光明媚，原野辽阔。

回到学校，孩子们正在校园里嬉戏。几个孩子看见我这个"外国人"特别兴奋。其中一个女孩主动给我打招呼，我正和她简单聊的时候，另外一群孩子显然是"人来疯"，也跑过来围着我，和我合影。

我们又来到另一个教室，里面坐着三个组的学生，正在讨论什么。郭老师告诉我，他们正在进行发明制作。第一组的任务是做机器人，研发设

计机器人的程序。第二组的任务是发明一样东西，任何东西都可以，比如用于身体的，让人更长寿，或者是一个电子宠物，不用花太多精力却能给你温暖，等等。第三组的任务是市场营销，将前两个组的机器人或新发明推销出去。任课老师告诉我，乐高正在搞一个全国竞赛，激发这个年龄学生的好奇心和想象力，他们借此机会让学生参与这个竞赛，能不能获奖不重要，重要的是通过这个活动培养学生的创造力。

我注意到，学生们坐得很随意，有的学生坐在墙角的地上，甚至还有学生斜坐着把双腿放在另一个椅子上，在我看来很没"礼貌"；而且上课时也没见学生起立整整齐齐地说"老师好"，老师走进教室直接就上课。

关于这一点，我并不认为中国学生有礼貌就错了，中国自古便是礼仪之邦，这是中西文化的差别，不好孤立地评判孰优孰劣。问题是，我接触到的丹麦成年人——包括路上遇到的素不相识擦肩而过的陌生人，个个都很有礼貌，会向你主动微笑、点头、打招呼……而我们的孩子从小被教育有礼貌，可现在的中国社会，陌生人之间的冷漠，是几乎每一个中国人都能够感受到的。这是为什么，值得研究。

其实，丹麦学生也并非没有礼貌。郭斌老师来这里给学生上过几节课，讲中国文化。有一个孩子跑过来大声对她说："你好！我爱你！"我用相机对着他的时候（顺便解释一下，郭老师说，这所学校是可以给孩子拍照的），他特意对着我笑，特别可爱！

我们来到"语言与文化"班，刚好他们正进入中国主题。学生们正在贴中国地图，用线条在这个中国地图上描他们了解的中国各省的形状，然后标出省的名称。另一个小组正在展示中国饮食，一个孩子给我看一张图

片，问我是不是"夫妻肺片"，我说不是，但这的确是中国菜。教室的墙上，贴着孩子们搜集的最能代表中国的一些元素，还有他们建议到中国最应该去的地方：长城、紫禁城、天安门、兵马俑、上海外滩。

我们来到另一个房间，孩子们正在做筷子。他们用锯子等工具认真地做着筷子，每一个人都那么认真，有的孩子甚至跪在地上做。我走到一个孩子面前，他刚好做成一双筷子，但太粗了，不过他很认真地在练习着拿筷子的方法，可怎么也拿不稳，我走过去掰着他的手指教他，他认真地练习着，特别可爱。

墙上贴着许多中国字，完全是画画。虽不标准，却拙稚可爱。

几个孩子还在认真地描着汉字，一个男孩见我进来，便扬起手中的作品，一个"猴"字跃然纸上。我向他竖大拇指，表示赞赏。还有一个孩子在写"足球"。

还有一个小组在设计一个关于中国知识的游戏，用"过关"的方式，答对一个题便过一关，一环紧扣一环，很是有趣。

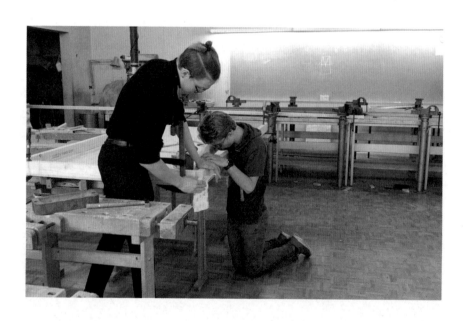

　　从教室出来，我和郭老师在校园里转。我看校园非常朴素，一点都不精致，甚至感觉有些"不卫生"，因为原生态的地面凹凸不平，上面铺着厚厚的落叶。唯一让人感到美丽的，是高大的树上挂着金黄或嫣红的叶子，在蓝天的映衬下格外夺目。校园里，没有任何宣传图片，更没有一个标语口号，总之丝毫没有一点点"校园文化气息"。但孩子们很开心。

　　郭老师说："他们只是考虑孩子怎么舒心快乐，自己过得有声有色，至于别人怎么看无关紧要。虽然校舍很简陋，但这里有丰富的内蕴和有爱的老师。正如校长所说，他们在为丹麦社会培养公民，这样他们就很满意了。"

　　我们来到"表演与艺术"班，今天学生要做一份报纸，他们正在设计报纸版面。任课老师 Henriette Lauersen 告诉我，本来是有模板参考的，但他们完全可以打破模板的框架自己重新设计。Henriette 老师还说，她主要看不同小组的学生的设计，提醒他们不要雷同，一定要有自己的个性。这些报纸都要呈现旅行、运动、文化和教育这些主题。这些设计都必

须和真实的生活相联系，比如做"旅行"主题，他们就会真的给一个打算旅行的人打电话进行访谈，问他有关旅行的梦想和计划。

我对该校7—9年级三个方向的分流很感兴趣。郭斌老师给了我一份相关资料。上面是这样介绍的——

到6年级，学校会给学生提供三种未来7—9年级阶段的发展方向，与家长共同商讨后，孩子找到自己的发展意向。选择之前，学校会安排学生观摩7年级学生的实际状况，由7年级学生与指导老师讲解。还会组织学生到与发展方向相关的实际工作环境中参观，看看各种选择结果与将来实际的工作是如何对应的。学校与家长会安排时间专门针对此事结合孩子的具体情况进行讨论，以便给孩子充分的引导和讲解。但最终是让孩子自己作出选择。家长只提出自己的理解和意见，绝不主导孩子的选择！另外，告知孩子，这不是最终选择，在今后的实际过程中，完全可以根据自身的情况来调整。孩子没有任何压力，但参与了关于自己未来的设想和选择。对于选择的结果，学校会在基础课之外专门安排时间做一些相关的学习内容指导。

以下是三个发展方向的具体内容：

1. 表演（performance）：我们推动世界

通过多种方式（戏剧、电影、媒体、绘画、照片、诗歌、舞蹈、设计、讲述、运动、讲座等）表现出个人的激情和发展空间，提供四门专业课来实现。同时考虑到个性发展。

意义：世界不是现成的，而是你自己来创造的。（Community is not something you get, that's something you create.）

2. 语言与文化（language and culture）：我们了解世界

通过语言、沟通、文化，关注和了解世界。内容包括历史、国家、文化价值，通过母语、英语、德语及一门第三种语言，利用媒体和互联网，与世界各地的年轻人作交流，从而了解世界不同的文化。目标为发展语言技能，可跨国界交流与参与活动，提高沟通技巧和能力。

意义：生命是旅途，不是目的地。（Life is a journey, not a destination.）

3. 自然与科学（nature and science）：我们探索世界

通过关注和探索自然世界，以项目为基础，利用展览、活动、电影等交流方式，探索世界。

意义：犯错是一种发现世界的新方式。（Mistake are a way to discover the world.）

听完课，当地媒体对我进行了采访，问了我几个问题。我综合回答如下——

丹麦教育给我最深刻的印象是对每一个儿童的尊重。但其实就理念而言，中国教育同样主张尊重儿童，我们的口号就是"一切为了孩子，为了一切孩子，为了孩子的一切"，而且这种理念并不完全是"理念"，在一些学校已经成为现实，做得很不错。当然，在中国的一些学校理念更多的时候还停留在宣传上，真正落到实处还有许多工作要做。重要的不是给予学生知识，而是能力的培养、技能的提升、思维的拓展、创造的激励和人格的成长。让每一个学生和教师都获得来自教育本身的幸福。

离开学校前，我们又和学校分管国际部的负责人 Morten 老师，还有另外几位老师一起聊了几个话题。比如关于对残疾和特殊儿童的关照。他们认为，虽然有的孩子有听力问题或小儿麻痹症，但他们的大脑和别的孩子是一样的，所以应该平等地对待他们，让他们觉得自己和别人没有区别。当然，对他们的特殊困难要细心关照，比如楼梯都有升降机的轨道，以方便轮椅的上下。只要这些孩子的行为习惯没有攻击性，不妨碍其他孩子，就尽量让他们和大家融合在一起学习。

我问："如果遇到实在难以管教的孩子，最严厉的措施是什么？"

Morten 老师回答说："还是只有好好教育。"

我直接问："丹麦不允许体罚学生对吧？"

他们都笑了，说："不能体罚，连家长都不能打孩子。"

我最后问了一个问题："学校和家长配合有哪些方式？"

他们回答我："我们通过网络每天都和家长沟通。每年都有家长会，还有一对一的家长会。学校大的策略，包括战略发展，家长都要参与制定。"

我问："你们的老师家访吗？"

他们说："会的。尤其是孩子刚进学校时，我们为了了解孩子的生长环境，都要进行家访的。"

我问："如果孩子在学校发生了安全事故，比如摔伤了，家长会是怎样的态度？"

Morten 老师说："我就是体育老师，首先我会保证所有的运动环境、体育设施都是安全的，但作为老师我从来没有考虑过来自家长的压力，从来没有过。当然在丹麦，也有过极端的例子，一个老师带着学生去航海，出了事故，但那是极个别的，我从来没有过这方面的顾虑。之所以没有压力，和社会保障体系很完善有关，住院、开刀、接骨，都有人出钱。关键是，学生家长之所以选择这所学校，就是因为知道这里的老师是称职的，知道老师不会违反常识常理让孩子去冒风险，也就是说，家长对这所学校的老师充满信任。"

Jytte 老师补充说："有一次有一个学生上课，不小心手被玻璃划伤了，我给孩子做了包扎，给他妈妈打电话说了这事，他妈妈来都不来，说老师处理好了就可以了。其实，要说压力，我也不是没有压力，但这压力来自我们要做饭，有时候要动剪子动刀子，都有潜在的危险，所以我也紧张。但我们从低年级就开始训练孩子的安全意识，慢慢让他们学会自己对自己负责，这样就会好一点儿。我们的担心是来自对孩子本身出现意外伤害的担心，而不是来自对家长压力的担心。"

放学了，我们走出学校。回顾一天的参观，感觉收获很多。丹麦的国情当然和中国不一样，所以对他们的一些做法有的中国人不容易理解甚至误解也很正常（昨天还有网友把我文章中介绍的丹麦"十年级"和"青年中学"理解为中国的初三补习班。他们不知道，丹麦读高中是不需要考试的，哪需要"补习班"呢）。是的，对丹麦教育的具体做法当然不可能照搬——其实哪个国家的做法又能照搬呢？但教育的理念却是相通，因为人性是相通的。同在一片蓝天下，难道中国的孩子就不需要平等、自由和被尊重吗？问题是，现在国内总有人以"国情不同"为由拒绝学习别国的先进理念，须知办根植于中国大地的教育，也需要人类共同文明的养料。邓小平同志"教育要面向现代化，面向世界，面向未来"的题词，至今并未过时，而勇于并善于"三个面向"，正是中国教育真正的自信所在。

丹麦的"青年中学"
是什么样的学校?

上午，董老师和 Lisa 陪我来北菲茵青年中学 Nordfyns Efterskole，今天又是他俩为我翻译。

刚到学校时，看到一群穿着红色运动服的年轻人正在做运动前的准备活动。这时校长 Flemming Flymann 过来了，他与我握手表示欢迎，并指着那群年轻人对我说："这是我们学校的学生，一共 116 人。平时学生 7 点钟开始晨跑，然后吃早餐，吃完早餐就唱晨歌，一般唱三首歌。"

过了一会儿，学生们开始跑步了。跑之前他们还合影留念。

Flemming 校长又跟我说："今天学校的学生举行连续 12 个小时的长跑活动，就围绕着学校跑。这种长跑也是公益。"不用解释，我就明白了，和昨天在斯莱特学校一样，孩子们跑得越多筹款就越多，这笔钱最后用于公益。

但昨天斯莱特学校的孩子只跑一会儿，可今天的学生要跑 12 个小时，能坚持下来吗？他说，也不是持续不断地跑，中途也要喝水、吃饭，但一整天都是跑。

校长带我转校园。秋天的校园特别美，到处都是参天大树，金黄的叶子在晨风中沐浴着阳光微微颤动，厚厚的落叶铺在地上，踏上去就像走在地毯上一样。

校长先带我来到一间教室："这是我们的网上运动室。"

"网上运动？怎么运动？是电子游戏吧？"我问。

他说："形式上和电子游戏相似，但和游戏不一样。这个运动是在网上运动，强调的是社交与合作，比如踢足球等。一般的电子游戏就是暴力、枪战，而这个是培养学生的友谊、合作。"

他又说："一般担任这门课的教师都是男的，可我们学校却是一位 28 岁的女教师，她获得过博士学位，在西班牙参加过国际大赛。"

走到一座老房子前，校长说："我们学校是丹麦最古老的学校之一，

是 1882 年建立的，创办者当时只有 18 岁，是我们学校的第一任校长。他后来担任了丹麦首相，当时是一战期间，在他担任首相时，丹麦妇女获得了选举权。"

说着，我们身边跑过几个年轻人，校长说："他们已经跑完一圈，是 2.1 公里，他们挣了一些钱了。通过这个长跑活动，我们已经积攒了 50 万丹麦克朗，可以捐出去做公益了。"

又走进一个类似于室内运动场的房子，校长说："学生在这里可以选修六门运动课程，比如篮球等。每周有三次，每次一个半小时。再过两个星期，我会带着学生去伦敦参加各种活动，音乐社团和当地音乐社团的人搞活动，足球队便和当地人踢足球，其他运动队则参加那里其他运动的活动。我们还会去奥地利滑雪。"

在另一间屋子，校长说："我们的学生经常在这里表演，好的节目还会带到其他学校巡演。"

　　来到一间大厅，校长说："这里就是每天早晨学生们唱歌的地方，唱三首不同的歌，老师弹琴。然后放丹麦新闻和国际新闻，有时候我会结合时事，给学生作些解释。唱歌是每天都要进行的，此外学生每周还到这里来听两次故事。"

　　我问："都讲些什么故事呢？"

　　他回答："内容很多，比如有学校创始人的故事，有格隆维的故事。最近我们要去英国伦敦，于是我们便讲有关伦敦的故事。"

　　来到办公室，校长说他愿意解答我关心的问题。我首先问这个学校开设什么课程，于是他起身给我印了一份作息时间和课程表，指着表给我解释："你看，学生每天 7:00 起床，开始晨练，老师检查房间。7:10—7:30 是早餐时间，7:30 是早会，就是唱三首歌。然后 8:10—12:30 是上午的课，有丹麦语、数学、物理、德语，还有足球、羽毛球、音乐、体操、舞蹈、户外活动、女子跳跃，还有英语强化课、丹麦语强化课，还有综合

项目准备课。下午是 13:15 开始上课，到 17:40，主要是体操、跳跃、蹦床、音乐、英语选修，等等。18:00 晚餐，晚上比较灵活，有作业就做作业，或自己作整理，或者去咖啡馆与老师沟通，21:15 是放松的时间。22:00 回到宿舍，打扫房间，23:00 关灯睡觉。"

我问："每节课多少分钟？"

他说："不同的学科也不一样，丹麦语、数学等，就是 70 分钟一堂课，也有的课是 60 分钟。中途都要休息，休息时间有的 10 分钟，有的半个小时。"

我问："综合项目准备课是什么内容？"

他说："是人文历史方面的，比如关于二战、莎士比亚、美国历史等等话题。因为我们这里也有学生要选择读高中，所以给他们开了这些选修课。"

我问："学生都住校吗？"

他说："是的。我们有时还邀请学生家长到学生宿舍住一晚，体验一下他们孩子在学校的生活。"

我问："这种青年中学，只有丹麦才有吗？"

他说："是的，这是丹麦独有的。"

"学制多长？"

"一般是一年，也有个别读两年的。现在全国有240多所这样的学校。"

我又问："每个青年中学的课程都一样吗？"

"不，"他说，"每个学校的课程都是学校自主决定开设，国家是不管的。"

我问："为什么要开设青年中学？"

他说："这是为九年级以后的学生提供的，他们中的一些人可能还不想上高中，或者还没想好读高中还是读职高，我们便给他们提供这样的学校。我们这种学校和北菲茵学院有相同的地方，自由度都比较大，比较灵活，但民众学院是为成人开设的，这里只是为九年级以后的青春期的人开设。"

我问："学生在这里读了一年后，他们又到哪里去呢？"

他回答说："这个学校是给孩子们提供一个稍微宽松的环境，让他们好好想想人生下一步该怎么走，想明白了再继续往前走。从我们这里出去的学生，80%选择继续读高中，那就是以后要上大学的；还有20%的学生，就选择职业学校，比如学理发，学木工，等等。多数孩子九年级结束就直接升学，但有一些孩子初中读完了，还很茫然，那就到这里来。这里开的课程都和运动呀音乐呀有关，孩子们放松，体验，想好了，休息一下，再往上读。"

我问："初中毕业有多少人到青年中学来读？"

他说："大概25%～30%，这不是学校决定的，是由家长和孩子商量决定的。"

我问："另外70%～75%是不是直接读高中？"

　　他说："有的直接读高中，有的读十年级。我们这所青年中学比较重视运动，所以开设了许多运动课程；有的青年中学重视音乐，便主要开设音乐课程。学生可以根据自己的兴趣选择读哪所青年中学。"

　　我想到昨天我的公众号上有网友留言说："丹麦的初中毕业生是否也是因为考不上高中才去读十年级或者青年中学或者职业学校？如果是，那和我们就没有什么不同。"这显然是以"中国式思维"误解了丹麦教育。丹麦的高中、职业学校和大学都是不需要考试的，是否读高中、职业学校或大学，都取决于本人是否愿意。

　　我问董老师："'青年中学'这个名称是怎么来的？"

　　他说："在丹麦语里，这样的学校被称作'Efterskole'，一般就翻译成中文的'青年中学'。"

　　离开北菲茵青年中学时，我感慨万千。丹麦人的生活总是那么从容不迫，包括学业也不是匆匆赶路。有的处于青春期的孩子，未进入社会却难

以与父母沟通，选择寄宿制的青年中学便选择了一个"庇护所"，或者说"人生驿站"，让他们第一次离开父母与同龄人生活，朋友之间充分沟通，加上老师的引导，不但让他们顺利地度过青春期，而且对未来的学业方向也有了自己的选择。这就是尊重每一个人的充满人性的教育。

幼儿园明明就没有"学业",何来"毕业"?

从北菲茵青年中学出来,我们前往欧登塞。

董老师和 Lisa 女士陪我来到欧登塞儿童剧院(Nørregårds Teatret)准备看一场儿童剧。在丹麦,他们也很注重儿童剧对孩子的影响,这和中国一样。

董老师给我讲了讲今天这个剧的大概内容,说的是一个女孩和祖父母感情特别深,每年都要回老家去看祖父母,可有一年祖母去世了,祖父不忍心告诉孙女;女孩问祖父,祖母哪里去了,祖父不知道该怎么回答。这个剧就是通过祖父丰富的表情展现其复杂的内心,以及他和孙女之间的交流。

我们走进剧场,眼前完全不是我想象的"剧场"。这是一个类似蒙古包一样的空间,边上是一圈长凳,中间有几个木箱之类的道具,两个演员就在中间表演,有时也站到边上的

长凳上表演。

今天包括我们在内才 16 位观众，但演员演得非常投入。虽然我听不懂他们的语言，但因为知道了大概剧情，所以我还是被演员的表演感染了，尤其是两位演员的面部表情，把各自复杂的内心世界充分展示出来了。

40 分钟的演出结束了，我和剧院总负责人 Carsten Wittrock 作了简单的交流。

他说："我们这个剧院成立于 1992 年，已经有 26 年的历史了。丹麦政府很支持我们为儿童表演，我们经常巡回演出，包括到各个学校去。以前我们没有固定的演出地点，2011年有了这个演出场所，许多观众到这里来看演出。我们的表演有两类，一个是木偶戏，一个就是你们刚才看到的小话剧。我们通过这些剧，以真人表演的形式让孩子了解一些比较大的话题，比如关于生死，关于灵魂，等等。"

我问："你们这些剧都是原创的吗？"

他说："我们主要是向国外作家买来剧本，翻译后根据丹麦的国情进行改编。当然，我们也会自己写一些剧本。我们的剧也有一些现实题材，比如父亲去阿富汗打仗，或去其他国家参加维和行动，孩子和妈妈在家里生活等。丹麦是北约国家，有许多士兵被派到国外去执行任务。"

我问："你们每月或每周的演出次数有多少？"

他说："我们每天演两场，每周一般来说演六天，有时候也演五天。"

我说："我看你们每次的观众都很少，这能够维持剧场的运营吗？"

他说："我们就是小剧院，坐满了最多55人。我们主要靠政府支持，政府给我们财政拨款的。"

我问："每年政府给你们多少钱？"

他说："每年300万丹麦克朗。这个剧场是免费试用的，不用付房租。"

我问："你们演安徒生的童话剧吗？"

他说："过段时间我们要演一个剧，是关于丑小鸭和白雪公主的，我们把这两个角色合到一块了。但我们演安徒生的童话剧不多，因为欧登塞有一个'打火匣剧场'，是专门演安徒生剧的。"

我问："你们有多少专业演员？"

他回答："六个。"

我问："孩子参与演出吗？"

他说："当然，每年我们都有许多剧，特别是圣诞节期间，都会有孩子参与演出，但他们不是主演。"

我问："每年大概有多少人次来看演出？"

他回答："欧登塞的学生都会到这里来看演出。去年有 8208 个儿童来看过演出。"

我跟 Carsten 说中国也有儿童剧院，除了中国儿童剧院，各省也有自己的儿童剧院。儿童剧对孩子的影响教化是非常重要的，看来中外的教育家和艺术家在这方面已达成共识。

下午，我们又来到欧登塞师范学院（University College Lillebaelt），和这里的几位搞学前教育的教授座谈。

先是一位从事继续教育的负责人 Kirsten Hillman，给我介绍丹麦幼儿教育的基本理念："儿童是在玩中长大的，我们就要给儿童创造玩的条件，如果儿童知道如何玩了，老师就应该和他们保持距离，不要过多地干涉他们。幼儿教育和中小学教育完全不一样，要给孩子一个快乐的童年。童年不以学习知识为目的，没有学业，他们是另一种学习，比如学习如何与别人相处的交往能力等，这对孩子终生发展都是有益的。"

我问："报幼师的人多吗？"

她回答："比较多。"

我问："学生为什么愿意成为幼师呢？"

她说："主要还是兴趣。幼儿教育是和孩子打交道，这是一种很美好的体验。孩子的生命在我们的工作中得到成长。所以他们愿意报幼师。幼儿教育有许多值得研究的问题。孩子并不是一个空杯，他本身有自己的东西，每个孩子的性格也不一样，比如有的孩子比较自负，说话老是我我我的，老师就会引导他收敛一些，而有的孩子特别不自信，不善于和其他人打交道，老师就会多鼓励他。这些都非常值得研究。有些人就喜欢研究这些幼儿教育的问题。"

我问："有男生报幼师吗？"

她说："有的，但不多。幼儿园有男老师是很重要的，如果孩子只有在家里见到的父亲是男性，这对他们的性别教育是很不利的。还有，幼儿园男教师多，也更有利于开展体育运动方面的课程。另外，我还要强调，对儿童来说，玩是很重要的，孩子玩耍越多，创造力越强。我们一直在研究，如何让孩子通过玩得以成长和提高。"

我问："丹麦的幼儿园收费吗？"

她说："幼儿教育不属于义务教育，所以要收费，但本人只付25%的费用，其余75%的费用由政府承担。如果孩子家庭比较困难，这25%也可能会减免，由政府出。"

我问："你们的继续教育怎么搞呢？有哪些方式？"

她说："可以是一天半天通过会议演讲的方式进行培训，也有用一个月到半年的时间，集中上课培训，还有让有经验的老师与年轻老师分享交流，这也是一种培训。"

从她们的介绍中，我感到丹麦的幼儿教育特别注重对孩子社会交往能力的培训，而坚决不搞"知识教学"。这些都是有法律规定的，经常还有上级有关部门来检查，比如看有没有幼儿园对孩子进行知识方面的教学，这是违法的。他们特别注重和孩子对话、沟通。没有正规学习，都是在玩中学习。他们还很注重儿童的户外生存能力，包括冬天都组织许多户外活动。所谓幼儿教师高水平和低水平的区别，前者是能够看到孩子的不同并根据其个性进行引导，而后者则是一刀切地按规则对待所有孩子。丹麦幼儿师范有一个特点，就是给学生大量的实习时间。

交流的时候，学院教授 Samantha Ashton-Fog 特别跟我解释了"幼儿园老师"这个概念："我们不叫'幼儿园老师'，因为她们是不教学的，她们也不懂教学，她们只关注孩子的健康、快乐、交往，等等。"

董老师告诉我："这个角色在中文里还没有对应的翻译，虽然我刚才翻译的是'幼儿园老师'，其实她们真的不叫老师。"

我明白了。记得小时候我读幼儿园的时候，就没有叫过"老师"，当

时都叫"阿姨"。因为幼儿园没有教学，就无所谓"老师"。但现在中国普遍都用"幼儿园老师"这个称呼，因为我们的幼儿园要"教学"嘛！幼儿园要学"知识"嘛！我曾经还在一个幼儿园园长的办公室墙上，看到一张小朋友们合影的照片，文字说明是该幼儿园某某级"毕业留影"。幼儿园居然还有"毕业"？我很奇怪：没有"学业"，何来"毕业"？

"当我给孩子讲故事时，我就回到了孩童时代，走进了孩子的世界"

　　今天是一位叫 Jens Peter Madsen 的丹麦故事大王给我们讲课。

他的讲述如下——

非常高兴见到大家！

讲故事在中国是一件很普遍的事，大家都喜欢讲故事，喜欢听故事。而在丹麦，讲故事这种方式已经消失很多年了。1950年左右丹麦有了电视。新的教学法出现后，用嘴巴讲故事这种形式几乎就消失了。在公立学校里已经停止了直接用嘴巴讲故事。但在私立学校，大家依然沿用这种方式。

在大岛那边，我小时候上学时老师依然用口述的方式讲故事。奶奶也给我讲故事。奶奶可以讲整本《圣经》的故事，丹麦历史的故事，安徒生童话故事，还讲一些超自然的故事，比如鬼故事，也有真实的民间故事……不管在家里还是在学校里，我都听到了许多丹麦的历史故事、文化故事。

早期我并不认为这有什么特别的。从1980年开始我当老师，就发现这种方式和其他教学方式是不一样的。我突然发现我记得所有以前听过的故事，我发现孩子们都很喜欢听我讲故事。那时候讲故事已经不是很普遍了。一开始我以为我记不得小时候听过的故事，但当我看到一个题目时，整个故事都能记起来，比如《丑小鸭》。这让我意识到，故事不一定都在书上。在座各位的头脑里也充满了各种各样的故事，听过的或看到过的。这就是我们今天要完成的任务，从你们脑子里发现故事。我会教你们一些方法，让你们用故事表达你们的想法。

过去20年，我一直在做这项工作。我出这么一本小书，是直接从脑子里出来的，没有文字的。这样讲出来的故事，是世界上最好的故事。他的故事只有他讲出来是最好的，别人是讲不出来的。通过这样的联系，我们每一个人都可以把自己经历过的最好的故事发掘出来。今天大家要尝试讲自己的故事，必须用母语来讲故事。

在我们正式开始讲故事之前，我先谈谈对安徒生的理解和介绍。

我刚刚参加了一个展览，一个人讲述安徒生早期的童年故事。这个故事穿插了安徒生前 14 年在欧登塞和母亲一起生活的日子。在安徒生早期的 14 年里，经历了很多艰难困苦。这种童年艰苦的经历可以从《丑小鸭》中发现一些影子。丑小鸭和大家不一样，这象征着安徒生童年经历的人生，那就是安徒生真实经历的童年生活。安徒生还写了一本自传《我的一生》，在这本书的第一章里，我读到了和别人讲的不一样的安徒生的故事。

安徒生在这本书里介绍了他的父亲，父亲会用歌声来愉悦他，还会给他制作玩具，用这些玩具去演喜剧。每个星期天都带他到森林里去，让他自由自在地玩耍。小时候，母亲从来不让老师打他。所以小时候他几乎没挨过打。有一次老师忘记了他妈妈提的不能打安徒生的要求，打了他，他妈妈立刻带他离开了那个学校。这在那个年代是很不寻常的事。那个年代孩子犯错，受罚是很常见的事。就像现在很多人认为的那样，打孩子是必要的管教。但他妈妈不这样认为。

在他小时候住的房子里，有一个小天台，妈妈在那里种了一些小菜。在菜园里，妈妈会带着小安徒生认识一些植物，在那里他度过了美好的时光。当我们读他写的这些故事时，就有清晰的图像。今天丹麦幼儿教育的许多理念，都是从安徒生小时候经历中认识的人生价值中牵引出来的。这也显示了安徒生是生活在非常自立的家庭环境中的。自信和自尊现在大家经常谈到，这在安徒生的生活经历中可以找到印迹。这是两个不同的概念，有的人非常自信，但有的方面并不能胜任。作为一个贫穷家庭出生的孩子，安徒生基本上没有什么自信。但他爸爸和妈妈给他以强烈的自尊。因为有这种自尊，所以他有一个愿望要成为作家、诗人、舞蹈家或著名人物，14 岁时便一个人去了哥本哈根。

在哥本哈根，安徒生经历了许多嘲讽、讥笑，在学校里经常被人欺负，他经常哭，尽管这样他心里依然认为自己足够好。作为一个人，拥有自尊很重要，因为有自尊，不管遭遇到什么，依然可以保持个人价值。所以他被人嘲笑，有的地方也不够好，但他比别人付出更多的努力，终于有一天成功了。如果一个人有足够的自尊心，就不会被外在的嘲笑打倒，而始终保持自己的价值。这不是外在的，而是内在的感受。当我读到安徒生自己写的人生时，我很惊讶。这是我直接与安徒生对话。也许安徒生自己并不知道强烈的自尊有多么重要，但今天我们知道。这就是安徒生成为唯一的安徒生的原因，他的父母亲没有遵循旧的教育模式，而是给了他一个美好的童年。

我不多讲安徒生了，你们去读他的书，自己去发现更多的信息吧！

我们先做两个练习。我们可以用不同的方式讲故事。我们不需要看书，就听。对某些人来说可能比较困难，在戏剧学校里经常用这种方式学习讲故事。有的人快一些，有的人会慢一些。每一个人都可以用大脑储存的信息来讲故事。在现实生活中，每个人都在进行这样的事。就好比你们现在在丹麦学习，回去以后会跟家人讲，或者在丹麦买了东西，展示给家人的时候话自然就多了。在这个过程中，故事就自然从嘴里讲出来了。当你们讲述时，思维自然就回到丹麦了。这就是我今天要带你们去做的事。如果在单位里和同事看到相似的场景时，自然会想到在丹麦也看到过。你们在这个过程中做得越多越聪明的话，和你们的同事就分享得越好。这就是口述能力。这是每天自我经历的故事。当你们开口讲的时候，会忘记所有方法，很多东西自然就出来了。这是一个非常重要的专业方法，去讲述每一天的经历。

第一个练习是讲你们听到过的故事。为了方便大家理解，我们就讲安徒生的故事。你们知道很多中国故事,但我们不知道。很多中国人知道很多安徒生的故事,比丹麦人知道的更多,我比很多丹麦人知道的安徒生故事多,因为我有个奶奶知道许多安徒生的故事。她不是从书上读来的,是从别处听来的。你们不需要去找书,就从你们读过的安徒生故事中去找。当你们这样想的时候,记忆就回到了过去。越早期的越好,你最早听到的最好。大家开始想吧!

大家纷纷说自己想到的安徒生童话:《卖火柴的小女孩》《丑小鸭》《皇帝的新装》《拇指姑娘》《豌豆公主》……然后分组。

等一会儿你们就开始选择要讲什么样的故事,想想讲故事时要选什么样的图像,有多少种不同的图像,我们看电影时,会有不少图像让我们印象深刻。我会给你们讲,我想到安徒生童话时,会想到《大克劳斯和小克劳斯》,因为我小时候是比较害羞的男孩,小克劳斯,一个勤快的小孩,可以打败高大、愚蠢的大克劳斯……这就是我喜欢小克劳斯的原因。

他一边在白板上画图,一边讲述这个故事……

这就是这个故事在我脑海里留下的八个图像。你们也可以用这种方式讲故事,一边讲一边画。一会儿大家分组练习。

首先上去的是薛健老师。她上台讲《皇帝的新装》,一边画一边讲故事。讲得非常精彩!

Jens 说——

过去的学校，老师都是一边讲一边画，这种方式非常好。我们想到故事的时候，首先脑海里出现的应该是画面，而不是文字。通过这种方式，我们就更加理解这个世界是怎样反射在孩子脑海里的。用这种方式给孩子讲故事，故事就活了，孩子也更容易记住。

下面，大家讲讲关于自己童年的故事。虽然我们回忆的时候是用大脑，但身体每个部分都要参与，鼻子在回忆气味，还有手和眼睛也有记忆。你们想想，第一次走进学校的那一天。想想自己六岁，在家里正要去学校开始新的生活。我小时候要上学时，得到一个书包（拿出来给大家看），所以我一想到小时候上学第一天，我就想到这个书包。

现在大家就想想这个场景，你坐在家里的小板凳上，小书包放在膝盖上，等待去学校。我希望大家闭上眼睛想想这种情景。想想那个小小的你当时在想什么，你的身体状态是怎样的。现在大家关掉手机和电脑，坐正，在大脑里想象当年的自己。想想书包在你面前，你坐在自己的座位上，那时候的你脑子里在想什么。当你坐在那里的时候，光是从哪里照进来的，空气中有什么样的味道，你腿上的书包是重还是轻，你的书包有什么特殊的气味，你的手去摸书包有什么感觉，它的形状是大还是小，是什么颜色，单色还是多色。然后打开，也许里面有许多有趣的东西。想想里面都装了什么东西，你触碰那些东西时有什么感觉。看了之后，把这些东西放进书包装好，想想你合上书包的时候有什么声音……你们做完这一切后要赶快回到现实中。

现在大家分组，成员之间互相讲述刚才想象的内容和感觉。

学员们分组讨论，彼此交流。

每一个人都有自己上学第一天的回忆和故事。也许并不是每一个人的回忆都很愉快。你们组里面三个人当中，请一个人起来讲自己的故事。

路方老师上去讲自己的故事——

我对书包是有遗憾的，当时是军绿色的书包，每天除了背书包，还要带小凳子。我的父母给我买了一个小凳子，课间同学们却将它当玩具。所以我的回忆是上学一边背着书包，一边抱着一个小凳子。我们的桌子很长，是砖砌的，有时候砖会塌。书包上有洞，铅笔老掉出来。后来八九岁可以背双肩包了，教育局要我们每一个学生花60块钱买一套桌子，那个桌子有抽屉，可以放书包，于是我就不背书包了，直到六年级毕业。新年同学们送贺卡，都塞进抽屉里，大家拉开抽屉，会有许多贺卡。这个我印象很深。

陈晓红老师上去讲——

我穿红色小鞋子上学，妈妈是那个学校的老师。我们村在三个村交界的地方，往返三公里，20分钟左右。书包是斜挎着背的。第一次上学时紧张不安，因为我迟了一些。妈妈去办手续，我在门外等着。那天天气很好，蓝天白云，农村没有污染。我们那是一个很大的教室，是学前班。凳子是很长的条凳，可以坐好几个人。我们班一共约有40个小朋友。非常惊喜的是，我叫陈晓红，还有一个孩子也叫陈晓红，我们同班五年。虽然我经常不安，但很快成为孩子王。现在大家看到我比较文静，其实我小时候超级活泼，丢沙包都是第一。我妈妈教语文，但我更喜欢数学老师。他基本上给我们讲了五年故事。所以我的想象力一直保持得比较好。当然很多故事都是他自己编的……

雷冬梅老师上去讲——

我第一天的书包和老师的差不多，别的小朋友都是双肩包，我的不是，我的是棕色的，皮制的。有的小朋友的书包是爸爸妈妈从日本带回来的，我很羡慕。我上学第一天，看到老师特别年轻漂亮。校舍是很旧很旧的、苏联人建造的平房。

Jens说——

很遗憾由于时间原因不能听每一个人的故事。每当回忆起故事，你们首先想象到图像。这种形式就像想象扫描。你们可以用这种方式给你们的孩子讲故事，扫描讲故事。当你给孩子讲故事的时候，你是教育者，但同时你也是孩子。用孩子的方式给孩子讲故事。你上学第一天如何紧张，你也可以表现出来。你的这种思维就回到了童年时代，把自己变回了孩子。这就表达了一种教育观——用孩子的方式完成你的表述，用孩子的眼睛看世界。当你用这种方式和孩子交流的时候，你会看到孩子的很多很多。在我们每天的工作中，我们脑子里都要从不同方面转换：什么是最重要的？什么是孩子最需要的？什么是孩子能够理解的方式？……有时候用一个故事去表述你的观点，这是很重要的。如果你能够对孩子讲你小时候的故事，当你诚实地告诉孩子，你会在这过程中获得孩子的信任。这种思维在丹麦的教育观里是非常重要的，实际上是一个中心点。他们很努力地创建这么一个范围，让孩子有安全感。但这并不是要我们也像孩子一样表现出孩子气，始终保持孩子状态，这并不是我们的目的。作为成人，作为教师，作为教育者，我们可以向孩子流露出孩子气，但不要忘记我们的身份，而我们用孩子的眼睛去看世界，这是一种能力。

大家有什么感想吗？可以随便说说。

我主动举手，我说："教授的话让我特别有共鸣，因为中外教育有很多相通的地方。用孩子的眼光看世界，也包括用孩子的语言表达世界，其中很重要的一点就是讲故事。所以一个优秀的教师一定是一个出色的故事讲解员。我同意教授的说法，我们可以保持孩子气，但不要忘记我们是教育者。既要保持某种孩子气，但又不能忘记自己是教育者，这二者在这一点上得到统一——怀着教育者的理想与责任，用儿童的眼睛去观察，用儿童的耳朵去倾听，用儿童的大脑去思考，用儿童的情感去热爱！"

"儿童有一百种语言，他们用这一百种语言去发现并表达世界"

　　郭斌老师给我带了一份报纸来，上面有我参观考察斯莱特学校的相关文字和照片，篇幅还不小，差不多两个版面。我问郭老师这是什么报纸，她说："是前天的《菲茵时报》，

是丹麦的主要日报之一。"郭老师还发给我一个网络截图，是丹麦网站对我的报道。

今天，我们来到欧登塞米瑞达中心。走进中心，我们好像走进了一个工厂的仓库，这个"仓库"到处堆满了东西，好像什么都有，但又好像什么都没有，因为这些东西都是工厂生产各种产品丢弃的废料。而利用这些废料让孩子创作各种东西，正是这个中心在研究儿童教育方面的一个创新。

这里有两位老师，男的是一位光头帅哥，名叫 Kåre Runge，女的年龄大一些，叫 Karin Eskesen，是一位睿智长者。

先是光头帅哥 Kåre 跟我们说："儿童有一百种语言，他们用这一百种语言去发现并表达世界。"所谓"一百种语言"其实是比喻，就是说儿童除了用口头语言，还用所有的感觉——听觉、触觉、嗅觉、味觉等，包括思维、想象，参与认识与表达。

他要我们今天也来获得一下这种体验。"你们每一个人都去拿一样材料吧，一会儿制作。"他说。

到处都是废料，各种材质的，各种形状的，各种大小的……有废布料、废塑料、废木料、废金属……我选了四个软软的圆形塑料片。

大家选好材料围坐在一起。

光头帅哥 Kåre 问："你们觉得找一个材料难吗？"

他问路方："告诉我，为什么你对这个材料感兴趣？"

路方回答："这个让我想到我小时候上学时坐的小板凳。"

他继续问："你有什么感觉？"

"比我小时候的凳子要小一些，轻一些。"

"还有呢？"

"很美。"

"你觉得这材料冷吗？热吗？可以摸一摸。"

路方摸了摸，说："暖，热。但这部位有点凉。"

"还有呢？有什么想法？"

"我想将它装扮得更漂亮。"

他换个角度启发："你想过没有，这个东西的形状怎么样？"

"有大圆有小圆，像轮子一样。"

他拿过路方的那个东西："很灵活，你看，这里还可以当作瞭望孔。"

我们明白了，他不断启发大家从不同的角度观察和感受手中看起来不起眼的材料。

他又问陈晓红对手中材料的感受，陈晓红说："我喜欢这个颜色，我觉得像中国的玉，很温润。"

他看到李婷拿着铁丝一样的材料，问她："为什么要选这个？"

李婷说："我上周在'安幼'做了一个戒指，我还想做一个戒指，所以我就找了这个细铁丝。"

"有什么感觉？"

"很激动，很惊喜。"

"你使劲捏，将它卷成一团。"

李婷照着做了。

他说："你看你无意中便改变了它的形态。"

他问我拿的是什么，我说："是塑料的小圆片，四片。"

他问为什么拿这个，我说："比较小，比较软，比较方便做东西。我拿四个，是有意拿双数，这样做什么东西的时候，便于对称。"

他说："嗯，你联想到数学上的偶数。"

他又问方虹怎么看手中的材料。

方虹说："有许多洞，从圆孔看出去很有意思。"

"你想做什么？"

"我想增加一些和平时不一样的视角。下一步用它来做什么我还没有想好。"

他说："你不用想好。要冲破规则，发现世界。孩子成长的过程，就是不断打破规则的过程。他也许只拿了一个材料，但脑子里却有很多可能性。孩子到这里很兴奋，但不会什么都去拿都去做。孩子也是喜欢规则的。孩子会用这些材料创造不同的东西。有时候我们少说，孩子们给我们的惊喜却很多。孩子们从他们的视角创作出来的东西，让我学到很多。"

他又问褚雪为什么选这个材料，褚雪说："我之所以选这个材料（碎纸片），是比较好操作，做什么都行。"

他说："你可以用手去感受，这个适合孩子，他们可以去做很多有创意的东西。"

薛健拿的是塑料纸，她说："可以发出声音，模拟风吹的声音。"

贺娜拿的是瓷砖。光头帅哥 Kåre 问为什么选这个，她说："这个瓷砖与国内的不一样。可以用来做手工。"

"嗯，从我这个角度看，是一个方块变成许多个方块。你用手摸吧！"

"是许多小方块。"

"还可以敲出声音。"

他问李俊丽，李俊丽说："我选的有大圆有小圆，都是几何形状。"

"触觉如何？软还是硬呢？"

"很软，可以变成半圆，对折起来看上去像吃的热狗。"

"为什么还选了方形？"

"可以让孩子们认识几何形状。"

"嗯，可能还可以做成数学、几何的教具。"

……

他将我们16个人都问遍了。我慢慢明白了，他是在引导我们从无数个角度看手中的废料，就是他刚才说的，"用一百种语言"。

那位优雅的睿智长者 Karin 说："从你们进来开始，已经有不少美丽的故事出现了。你随便拿一个小材料，已经出现了不少创意，有无限可能性。而这些东西都是工厂的废料，不需要花钱去买。通过这些可以把社会和教育联系起来。我们要求工厂给我们的废料只有一个要求，不能有污染或有毒，因为这是给孩子用的。用这些东西，也把每一个人联结起来了，因为有助于培养我们将来对社会的责任感。"

她拿出一个小玩意儿给我们："我给你们一个东西，你们可以看看。"

光头帅哥 Kåre 说："我发现刚才大家在分享时，没有人问'这是什么'。我真正的用意是，孩子拿到这个东西，会有很多问题，不是说你要赋予它什么，而是它在告诉你什么。这是孩子的视角。所以在给孩子提供东西的时候，一定要想到怎样让孩子与材料对话。比如至少面对这个瓷砖，我会想到玩过的泥塑，会想它是怎样形成的。你看到这个东西，会想到很多，会调动你的记忆。我们拿着这些材料，可以做一会儿孩子。所有这些不起眼的东西，都是有生命的，都可以对话。如果你给孩子买了一个玩具，孩子就只会玩，不会去研究它的形状、声音等，那就没有意义了。"

睿智长者 Karin 说："老师不要多说，但可以有期待。老师的期待能够决定孩子受益多少。好，大家说说，你看到这个小东西有什么想法？"所谓的"小东西"就是下面照片中 Karin 女士手中拿的小玩意儿。

大家纷纷说，这东西像印章，像积木，像棋子……

她说："可是你们想过吗，一个 7 岁小女孩拿这个东西会做什么？一个周六的早晨，她来了，本来她想给小宠物做一个小窝，后来她发现了这个小东西，拿着它就形成了一个想法。因为当时要过圣诞节了，需要圣诞历。这个小女孩用这个小东西做了有 24 个小故事的圣诞历。大家看，这个小东西本来是一个废物，但在她的眼睛里，却有那么多的故事。孩子并不是什么都不懂。这个孩子可能就是未来的安徒生，她的想象力是许多成人读不懂的。刚才大家拿的东西，其实也是在讲故事。很多伟大的哲学家都说过，看见的东西都是通过手感觉到的。"

她说："我们这里是一个中心。我们有许多关于点石成金的神话。这些东西在通常环境下是被废弃的，大多数人很少将其与教育联系在一起。我认为，这些东西到了孩子手里，起的作用会大于玩具，超出想象力。整个丹麦，我们这样的中心有五个。我们坚信，玩和学是不可能分开的，是一体的。大家看这张照片——这是一座房子，是一个建筑，上面打了很多光。后来政府征得家长的同意，要拍100张孩子的照片。所以我们看到的就不只是蓝色聚光，而是100个孩子的照片。这就是创造。我们需要让孩子们都有创造的可能。也想告诉成人，现在孩子的童年和我们的童年完全不一样。孩子们有他们的世界，成人一定要张开耳朵去倾听他们的世界。但成人要有这个能力，推动他们的成长，用问题的方式去推动。不只推动孩子，也推动自己。今天我们只让你们找材料，但学习已经形成了，你们自己在发现，在探索，彼此交流。每一个人的想法都是如此不同。孩子也是一样。但同时我们也是属于不同的群体——这个社区、国家、民族的群体，所以我们不能说自己只是一个个体，我们要互相学习。你们在创作故事。"

她指着另一张照片说："这个是意大利教授马拉古奇（瑞吉欧教育体系创始人），我 1982 年第一次见到他。我们为什么要去世界各地？因为世界每天都在变化，我们得不断有新发现。正是在去意大利的时候，我遇到了马拉古奇教授，他的理念非常好。我便带着我的团队去意大利学习。在日常生活中，因为不懂孩子，我们作为和孩子的互动者却把孩子的一百种语言的 90% 都切掉了。教授在研究为什么二战时大家都跟着墨索里尼走。研究的结果是，教师是在创造这个世界，教师不一定是一个很专业很高深的人，当然他要有一定的理论基础，但理论是基于研究建立起来的，这个理论能帮助我们了解孩子成长的模式。"

光头帅哥 Kåre 说："有许多欧洲的哲学家，他们的理论都很重要，但更重要的是，教师在学习了这些观点后，一定要形成自己的观点并付诸实践。"

睿智长者 Karin 说："对，从他们的理论中抽离出自己的理念。你可以飞得很高，但两腿必须站在地上。大家再看看这张图，你观察孩子，会发生什么？这个意大利孩子 12 个月大，和他的老师在一起。他正在看一本杂志。你们看他的眼睛，他对眼前的杂志很感兴趣，不只一页页在翻，也在研究。他看到许多手表的照片，老师把自己的手表放在孩子面前，没有说什么做什么。孩子把两者联系在一块了。你看他的眼神，能读到他在听老师的表，然后又去听杂志图片上的表。这不是教出来的。当他在做这个动作的时候，是在教大人。老师的作用就是把杂志给他，把手伸过去，建立连接。老师需要的是更多地观察。"

她说："这两个故事让大家明白，我们今天为什么要坐在这里。大家要看孩子能做多少，而不能只看他不能做多少。这些理念来自意大利，我就是因此来这个中心做这些，培训丹麦的老师。我们不是简单地把意大利的东西搬过来，而是一直在研究，因为丹麦和意大利的国情是不一样的。我在考虑如何让孩子在我们这个中心受益最大化。老师的角色是什么？儿童观是什么？我们要给孩子一个什么样的将来？责任在我们身上，这都是我们需要考虑的。"

"学校应该是孩子
从家庭出来后
另一个值得信任的地方"

　　睿智长者 Karin 说："我们创造了一种新的学习方法，用废弃材料来学习。我们要联系并说服政治家，学习的方法不是一种，而是很多。现在至少这五个中心，政治家们是支持的，而且有一个基金。我们现在在丹麦有 110 个会员学校。我们和许多企业也有联系，建立一种良性的互动联系。我们要符合国家大的理念，但具体方法可以有所不同。从儿童观的角度看，孩子也在互相学习，每个孩子的情况不一样，包括残疾孩子，他们之间可以互相学习。"

　　光头帅哥 Kåre 说："有的孩子本来不善表达，可是面对材料一下有了灵感，活泼起来，创意很多，便愿意表达。这让我们感到惊喜。他们需要时间等待。男孩的发育相对迟一些，所以在学校的课堂里，这些孩子是坐不住的，老师觉得他们有问题，可是如果把课堂放在这里，他们的创造力让成人惊喜。每个孩子的成熟节奏是不一样的。所以有人说学校适合女孩，这是有一定道理的。"

睿智长者 Karin 说："这个孩子是一个 3 岁的丹麦男孩，这是他画的。他刚进幼儿园时，老师觉得他表达不清楚，画的东西也和别人不一样。但有一天，老师从这里拿了不同的材料回去，发现这孩子做东西非常快，他做了一个赛车。本来他画不好，语言表达也不好，但他能把各种形状的东西组合在一起，这是他的表达方式。这些不同品牌的车他都知道。他用自己 3 岁小孩的手表达出很多他知道的知识。他不是用画来表达，而是用组装和制作来表达。他做的这个赛车前端还有一个月牙形的镰刀，他说这样可以割草。他对老师说：'我的赛车一定要是红色。'因为他认为红色法拉利开得最快。老师问：'谁开法拉利？'他说：'舒马赫。'刚到幼儿园时，似乎他各方面都发展得不好，可当他说出'舒马赫'的时候，着实让人吃惊。这就提醒我们老师，要从不同的角度去看孩子。"

她说："有一个学校，有'精美的一天'，就是这一天把任何事都做得非常精美。孩子们只要把材料拿去，不需要指导。教和学都是学生自己的事，不同学生之间互相交流。在教室里坐不了五分钟的孩子，到了这里却可以静静地坐六个小时，不停地做。'精美'的含义对于每一个人不一样。有的可能是做一个游泳池，有的可能是做一个洞穴。教师只给学生材料，让他们自己去做。"

"教育，意味着每一天都有灵感，自我更新。教育必须是开放的，必须接受孩子的所有惊奇。大家看那些长管子，我们让在这里培训的老师拿到他们的学校去，让他们先写出自己预想会发生什么，然后拿回学校，回来后告诉我们发生了什么，大家彼此分享。孩子们拿到管子后，最初不知道这是什么，于是开始研究；老师把孩子的思考往前推一下，孩子把管子打开，看里面是什么；然后他们把不同的东西放进去，发现不同的东西在管子里滑的速度是不一样的。孩子们很好奇，这个好奇心就是推动学习的第一个轮子。一位老师对两个两岁半的孩子在合作感到惊喜。第二天老师把前一天拍的照片给孩子们看。有的老师看到孩子在对别人说他昨天在干什么，这是语言在发展。这些孩子们一直在玩管子，六个月都乐此不疲。"

她给我们放一段视频，解释说："这是老师把家具厂做椅座的废料拿回去，看会发生什么。这是一个老师的记录视频，是她交的作业。孩子在玩的时候，老师不要干预，用胶带把自己的嘴封上，不要说话。你们看，在这段视频中，开始老师没有干预，让孩子自己做，老师保持着自己的好奇心，看孩子在做什么。她问一个男孩：'你在干什么呢？'孩子说：'我在做饭呢！'问一个小女孩：'你在干什么呢？是坐公交车去哪里玩吗？'女孩说：'我正在看电视呢！'对老师来说，她的经验就是在坐公交车，但对孩子来说她没有坐过公交车，没这个概念。而'看电视'是经常发生的，这是孩子的生活经历。所以，不是我们在教孩子，而是孩子在告诉我们。从孩子身上可以看到他父母的日常生活。孩子说他在看电视，是在看足球赛，而这正是他爸爸妈妈平时做的事。"

上面是我记录的翻译，尽可能把两位老师的话记录下来。每一句话都耐人寻味，回味无穷。

吃了午饭，光头帅哥 Kåre 从外面捡了三片叶子进来，把我们带到投影仪前，先让我们仔细看三片叶子，分别是绿色的、黄色的、褐色的。

他问我们有什么联想，我们纷纷说，分别代表生命力旺盛、生命开始枯萎和死亡。然后他又让我们说从形状上看像什么，有的说像手掌，有的说像扇子，有的说像地图……他将叶子放在一个玻璃箱上，把灯打开，在灯光的映射下，叶子有些透明。他问我们看到那些叶脉会想到什么，我说想到一棵树，他说还可以想到人体的血管。如果这样给孩子讲，就与生命教育联系在一起了，包括死亡教育。

他又把三片叶子投射在投影仪上，又从光和影的角度给我们讲叶子。他说："小小的叶子可以从许多方面给孩子讲。每当这时孩子们会问很多他们感到好奇的问题，他们会由此开始研究，这就对我们老师提出了要求。当我把树叶交给孩子时，我就退出了，我尽量不干预孩子的研究，我只让孩子知道我在哪里，当他需要我的时候知道去哪里找我。"

他还说："在使用这个设备时，孩子会出现许多状况，比如把光挡住了，影子就出不来，他们会感到奇怪。这时候老师不要去告诉他们怎么做，而要他们自己去尝试。目的不是让他们成功地使用这个设备，而是在不断尝试中学习，一定要给他们足够的时间解决问题。有时候我们设计一些东西却担心孩子搞不定，达不到我们预期的目的，这不要紧，这不叫失败，只是督促我们学习的一个机会。"

他指着周围的东西说："这些都是原材料和工具，你们去创作。现在分组，三人或四人一组。为什么要三四个人一组？因为两个人叫对话，三个人叫交流。我们不只是要做一个东西，而是大家做好后，还要交流。让大家猜你做的什么。"

我和陈晓红、徐莉、李婷一个小组，我们经过商量，决定根据一些废料的材质和形状做成一个奇特的船；杨静她们组的作品是嫦娥和美人鱼组合，表达中国和丹麦的文化交流；路方那个组做的是一个花篮；雷冬梅那个组用废料做成一件衣服，让雷冬梅穿上。在看每个组的作品时，每个组都派代表解释。

我是这样解释我们组的作品的："我们这个作品的主题叫'战争与和平'。这表面上看是一条普通的船，船头站着新娘和新郎，一对新人正在船上举行婚礼。但这其实是伪装的战舰，是去执行反恐任务的，因为怕遭遇袭击，所以伪装成普通的婚礼船。一旦遭遇恐怖袭击，这船马上可以发射炮弹，投入战斗……"

大家哈哈大笑。

光头帅哥 Kåre 点评道："你们用普通的制作，表现了一个重大的主题。"

其实，如果论制作，我们不是最好的，我个人觉得做得最精致的是花篮，最有创意的是那件衣服，最具文化含量的是美人鱼和嫦娥。

但光头帅哥 Kåre 说："我们不评价谁做得最好，那不是最重要的，最重要的是制作过程中的对话和交流。"

他还说："你们做的时候我也在学习。刚才用三片叶子，用不同的设备呈现教育过程。我们刚才都经历了，今天你们的经历都很丰富和精彩。你们可以选择自己做什么。我更多地了解到，我们能够很快地达成共识并创作出作品，这过程中的沟通是最重要的，我们会更多聚焦于这个作品如何呈现出来。我跟孩子交流时，主要不会看作品，而更注意过程。这是用原材料做作品的目的。还有一点，有一个组有特别多的笑声，这是特别重要的。丹麦大多数孩子非常喜欢上学，他们喜欢老师，喜欢同学，喜欢学校，而我们读书的时候都不愿上学。学校应该是孩子从家庭出来后另一个值得信任的地方。"

睿智长者 Karin 说："我们都有一个任务，创造未来。我的喜悦来自你们每一个人都有想法，彼此都信任。"

光头帅哥 Kåre 说："每次孩子来的时候，我都希望孩子觉得这是他最喜欢的地方。这是我们为孩子创造的空间。"

一天的经历，让我收获太多。第一次见到这么奇特的教学方式——其实还不是"教学方式"，而是一种学习方式。被废弃的材料居然有这么神奇的作用！与两位老师告别了，可我一直在回味他俩说的话，真的叫"隽永"。

自由，
是人类飞翔的翅膀

　　此刻，国航班机正从哥本哈根飞往北京。我在万米高空，写第二次到丹麦的最后一篇日记。

　　这次到丹麦，结识了一批新的年轻朋友，他们的青春活力感染了我，让我也变得年轻了。昨晚举行的结业典礼上，

　　我们又聚在那间小小的教室里联欢：唱歌、跳舞，还有三句半……我给大家讲笑话，还用口琴吹奏了《火车向着韶山跑》《梁山伯与祝英台》。大家开怀大笑，又难舍难分。

　　因为各自的航班不同，我与多数老师已经分别。说实话，回去以后大家都忙，能否再见还真是个未知数。想到这里，有些伤感，但他们这两周留给我的印象将是永远的——

　　薛健：身姿挺拔，容貌秀丽，有一种古典美，尤其是她的秀发撩到前面时，我总想到小时候在舞台上看见过的小铁梅。课堂上讲《皇帝的新装》，不但口齿伶俐，而且秀美的手指就那么一比画，便变出了城堡呀大臣呀骗子呀皇帝呀小孩呀……更让人惊叹的是，作为晚会的总导演，什么《七只小羊》、三句半等节目，都是她的杰作。哎呀呀，这女子真是才华横溢呀。

　　褚雪：笑起来特别美丽，温柔文静，内敛低调，平时不怎么出众，像标点符号里的顿号容易被忽略，但最后的晚会上她上台亮相，我们才意识到，缺了她这"三句半"便说不起来。有一天中午，她约我吃"海底捞"，当时我已经吃过饭了便没去，但现在后悔得不行。

贺娜：个子与性格成反比。个子高高的，但并不强猛，其实是一个温柔小女人。一头秀发浓密飘逸，在逆光中美丽无比。镜头前微微一笑，便是一张大家闺秀的年代照。

刘月琦：淡淡的，柔柔的，白白的……一切都是那么朦朦胧胧，却创造了一个跨越千山万水的美丽童话。

雷冬梅：以小提琴闻名，却苦于找不到小提琴一展绝技，我们只好在想象中领略其风采；但"小猫"，我们是见过的。温柔可爱，不就像只小猫吗？这亲切而准确的绰号谁起的？课堂上，那双专注的眼睛，亮亮的，润润的，好像眨也不眨一下，最后凝固成我镜头中的经典。更经典的是，她在米瑞达中心穿着环保服装当模特的形象，已经成为我们永远的记忆。

李婷：眼睛大大的，嘴巴小小的，皮肤白白的，嗓音嫩嫩的，笑容傻傻的，表情萌萌的……

李俊丽：那天在飞机上，我在看《国家的启蒙》，她手中也拿着一本同样的书，俨然像对暗号——嗯，自己人。身为教育局的同志，却把自己混同于普通老百姓，没有一点领导干部的架子。每天早晨天不亮，便和我们在乡间小路上疾走晨练。满口的山西方言，说出的话却如学者教授般睿智。剖析教育一针见血，评论时事独到深刻，其善良正直让我肃然起敬。最后一夜，她给我煮的方便面，是我吃过的最好的一顿面之一。

陈晓红：商丘无弱女，北京有佳人。置身中科院，放飞幼教心。宏图展大志，前途锦绣明："晓"看"红"湿处，花重紫禁城。

梁娟：身材玲珑得像皮影戏，五官精致得如工笔画。喜欢当我的摄影模特，每当看到蓝天、白云、大海、绿野……便自动在镜头前做出各种妩媚妖娆的造型。为人朴实而善良，性格温和而开朗。年纪轻轻便独当一面，身处北川小城，幼儿园却办得有声有色，影响辐射四面八方。

徐莉：圆圆的脸蛋，一双总是笑眯眯的眼睛——特别卡通！可别小看这位可爱无比的卡通娃娃，人家已经是"全人教育奖"的获得者。

丁艳梅：说得一口流利的英语，有一手漂亮的文笔、一颗善良的爱心和一身出色的才华，当然，还有一副美丽的模样。在最后的晚会上，我说，如果要选"优秀学员"而且只有一个名额，那我愿意把我的一票投给丁艳梅！当即便有不少老师附和："好！"身为班长，她不止一次熬夜为大家服务，让我们敬佩。最后在机场候机大厅，我们都说，如果将来丁艳梅成长为一名著名的幼教专家，我们一点都不惊讶，而会说，很多年前在丹麦我们就看出来啦！

方虹：曾经在网上认识"中国教育三十人论坛"一位叫"小田"的"小伙子"，说好这次也要来丹麦，还跟我约定同一航班，结果到了丹麦没见"小田"只见方虹。我问她："'小田'怎么没来？"她平静而从容地说："我就是小田。"我瞬间崩溃，这频道切换也太快了。两周间，几乎每天早晨和我一起疾走晨练，精神抖擞，"雄赳赳，气昂昂"，果真像小伙子。方虹有思想，有才华，有胸襟。虽然同在"中国教育三十人论坛"的圈子里，但人家是办公室主任，所以我说："你是我的领导。"

路方：性格大气，常常被我开玩笑说"没有文化"却从不生气，反而呵呵傻笑；为人大方，从国内带了不少挂面，以及其他食品，常常请这个请那个；宽容大度，即使受委屈，也以德报怨，从不往心里记。在米瑞达中心，说专心听表的小孩子"睡着了"，是她留给我们的开怀瞬间；在丹麦历史博物馆里，问"'维京时代'是不是因为都戴'围巾'"是她给大家创造的经典笑话；在教室壁柜里留下的一只电饭锅，是她代表五期学员留给以后"安幼"学员的纯真爱心。

贾蕾：老牛基金会高管，接触不多，但举止得体，作风平易，气质儒雅，自带学者风范，是她留给我和大家的印象。

杨静：老牛基金会"安幼项目"的负责人，按说应有"领导"气度，但当她面对我的镜头时，那修长的身姿、飘逸的长发、美丽的容貌和傻笑的表情，便暴露了她纯真无邪的本色。

……

刚到北菲茵学院没几天，我还不能全部叫出这群年轻人的名字，但在教室外面的草坪上，我们穿着 Lisa 老师带来的儿童剧服装做"老鹰捉小鸡"的游戏时，疯成一团：一会儿我是鸡妈妈，拼死呵护着我的孩子们，他们在我身后欢笑着、跳跃着，如一条长龙大幅度地摇来摆去；一会儿我当老鹰，穷凶极恶地向他们扑去，他们在我面前，惊恐地尖叫着、躲闪着，如一群弹尽粮绝的残兵败将，溃不成军……然后我们又玩"猫捉老鼠"的游戏，互相回避又彼此冲撞，惊慌失措而四处逃窜。我们的笑声冲天而起，从草坪飞向原野。

　　我想起前几天我们一起去看安赛龙（维克托·阿萨尔森的中文名）比赛的情景。说实话，以前我对安赛龙这个名字不熟悉，到了丹麦才知道1994 年出生的他，是世界顶尖级的羽毛球选手。他是 2016 年汤姆斯杯世界男子羽毛球团体锦标赛冠军，这是他赢得的第一个世界冠军。接下来，他一路攻城拔寨，连获佳绩：2016 年世界羽联超级系列赛总决赛男单冠军；2017 年印度公开赛男单冠军；2017 年世界羽毛球锦标赛男单决赛，安赛龙 2∶0 战胜林丹，获得世界冠军；2017 年日本公开赛男单决赛，安赛龙 2∶1 战胜李宗伟夺冠……2017 年 9 月 28 日，世界羽联发布了最新一期羽毛球各单项世界排名，安赛龙首次登上男单世界排名第一的宝座。

　　不但在丹麦，在中国他也有许多拥趸，比如我身边这群年轻人。许多中国人喜欢安赛龙，还有一个原因，就是他对中国非常友好，热爱中国文化，自学中文，说得一口流利的汉语。他说他最崇拜的人是中国的羽坛名将林丹。当然，他长得非常帅，自然粉丝无数。

　　那天晚上我们是特意去体育馆看他的比赛，大家都抱着瞻仰明星的激动心情前往，事实上安赛龙也的确是明星。比赛时远远地看着他跳跃腾飞的身影，我为他拍了一组照片。虽然我不是专业摄影师，水平的确有限，而且看台上的我距离他比较远，但多少也抓住了他的一些风采与雄姿。

比赛结束后，他一走出来，大家就围上去了。24 岁的小伙子的确英气逼人，而且一点架子都没有，一一给大家签名，合影。路方拿出一本安赛龙的自传让他签名，安赛龙一边签，一边还问她："看得懂吗？"我没和他合影，因为我在拍照。

我当时没有急着和他合影还有一个原因是，安赛龙已经答应出任"安幼"的形象大使，过几天将到北菲茵学院和"安幼"学员见面，组织方还安排了我和他对话。对这场对话，我当然乐意，因为一位丹麦体育巨星和一个中国中学教师对话，想必会很有趣。但遗憾的是，后来因为安赛龙的比赛安排突然作了调整，他无法如期前来。我和他没能实现这次"历史性对话"，有点遗憾。我签了一本《爱心与教育》请郭老师转赠给安赛龙。

不久，安赛龙父亲来到北菲茵学院，代他儿子和我们见面并表达歉

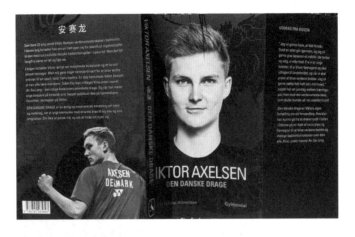

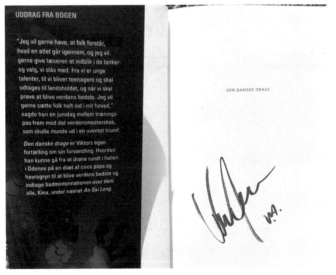

意。他父亲送给我一本安赛龙的自传，书的中文译名为《丹麦龙》。我觉得这个书名真好——既点出了安赛龙的国籍，又蕴含着中国文化的元素"龙"，同时这个"龙"也指代作者的中文名"安赛龙"。

后来安赛龙来到北菲茵学院时，和他见面的已经是"安幼"第六期学员了。但依然担任翻译的郭斌老师代我把《爱心与教育》送给了安赛龙。安赛龙很高兴，专门拍了一张拿着拙著的照片。他也给了郭斌老师一本

有他签名的《丹麦龙》，请她转赠与我。他可能不知道——也可能是忘记了，他父亲已经送过我这本书了。

这群可爱的年轻人还是我故事的忠实听众。几天前的一个晚上，学院安排我作了一个讲座，主题是"教育是心灵的艺术"。他们全来给我捧场，而且听得非常专注，感动时热泪盈眶，开怀时哈哈大笑。

其实听众大多是当地华人，也有远道而来的。其中有一位美丽的女士来得很早，看见我后很热情地迎上来，说："李老师，我叫陈琍，是您在乐山一中的学生！"但我对她没有印象。她补充说："您没当我班主任，因为您当时教高90届，而我是高89届的学生。但那时我常常在您的教室外面听您给学生朗读小说、诗歌……"她说她在丹麦获得博士学位后，去美国做博士后，现在在欧登塞的南丹麦大学从事研究干细胞分化和组织再生

的工作。听说我今天要作讲座，专程驱车赶来，还带着爱人和孩子。

　　她是专程而来，对我来说，却是意外相逢。在远离祖国万里之外的丹麦，能够邂逅几十年前的学生，真让我惊喜、感动。

　　我的讲座依然是讲故事——我和我学生的故事，通过故事讲述我的教育理解和教育实践。人性都是相通的，尽管听众不全是教育者，但他们都被打动了。座中的丹麦听众，由郭斌老师担任翻译。尽管丹麦教育值得我

们学习的地方很多，但我能够把中国的教育故事传播到丹麦，并感动丹麦人，我很自豪。

难忘这群年轻的朋友，每天早晨陪着我疾走晨练。我有每天早晨疾走的习惯，一般是来回走六公里。十月的丹麦，早晨一般得七点钟以后天才亮，但我总是六点半就出门了。北菲茵学院没有校门，走出校舍便是原野。一帮年轻人便跟着我，在黑乎乎的乡村小道上大步流星往前走。有时候我们用手机上的"手电筒"照亮道路。她们要我讲故事，我便讲我从小到大的成长故事：从小学到大学的求学经历、"文革"时我家庭的不幸、当知青时的生活、1977 年考大学的传奇、从教之初的探索，甚至包括我谈恋爱和结婚……她们听得津津有味，完全像一群孩子，我一下觉得她们就是我的学生。

这些当然不是一个早晨讲完的，每天早晨的讲述，都是在"后来究竟

怎样了呢？好，今天就讲到这里。欲知后事如何，且听明天分解"中结束的，她们自然是一阵惋惜，然后第二天又早早出门，陪着我晨练，又继续听我讲故事。

每天早晨刚出门时，多数时候暗蓝色的天幕上还有星星和月亮，走着走着，东方的天空开始泛红，渐渐地霞光满天，我便临时中断讲述，拿出随身携带的相机给年轻人拍照，美丽的曙色中，青春的剪影格外迷人。

大概走三公里，我们便走到了海边，那里有一个风车沐浴着晨晖，特别庄严醒目。回来的路上，太阳渐渐升起，我们沐浴着阳光，感觉和太阳一起飞翔。路边的泥土、灌木、青草和蒲公英都散发出浓烈的生命气息。

偶尔我是一个人骑车出门，因为我要去相对远一点的地方拍日出。记得那天早晨，我算了算去拍摄点需要的时间，六点刚过便骑车出门了。

我们所在的北菲茵，并非"著名景区"，或者说谈不上景区，但目之

所及都是风景。在乡村小道上独自前行，将自行车神秘的剪影定格在晨曦初露的天幕上。随着天色渐渐发亮，曾经被内蒙古呼伦贝尔大草原陶醉的我，现在又被丹麦的原野震撼了心灵。

舒展的草坪或平整的庄稼如绿毯一般一直铺到天边。偶尔也有坡地，但并不陡，舒缓而柔软的曲线如同起伏的波浪。

远远看去，原野上有悠闲转动着叶片的风车，还有仪仗队一般庄严整齐的乔木，护卫着由童话般风格的尖顶小屋所组成的农舍。农舍前的草坪上，躺着懒洋洋的小狗。

太阳出来了。阳光慷慨地倾泻在大地上，每一寸泥土，每一片树叶，每一块水面，每一个屋顶，都闪烁着感激的光芒。

蒲公英高昂着纯真的头颅，幻想着飞翔的翅膀。

一棵独立的树，卓然屹立在广袤的原野上。在蓝天的映衬下，孤独而优雅。

斑斓的秋叶，在脚下堆积，沉睡着，酝酿着下一个春天的梦想。

在丹麦，除了蓝天、白云、绿野、碧海，我和这群年轻人还常常沉醉

于那自由的海鸥、大雁以及许多不知名的鸟儿。

在欧登塞，当年安徒生母亲洗衣服的一条小河边，一只只洁白的海鸥翩翩起舞。阳光透过密密的树林，洒在这些精灵的羽翅上，再被抖落在水面。逆光中，海鸥们灵巧的翅膀似乎正扇动起整个世界和它们齐舞。

走在乡间的小路上，阵阵雁鸣常常让我们惊喜。早晨，整个天空一片绯红，一队一队的雁阵从容而舒缓地掠过，或"一"字，或"人"字，或方形，或椭圆……不断变换着队形，在天地之间表演着大型团体操。而当它们没有任何队形地随意飞时，我感觉那是天女散花，洋洋洒洒……

清晨，满天彩霞中，一只只或一群群海鸥用矫健的翅膀拍打着天空，呼唤着红日喷薄而出。

傍晚，血红的夕阳缓缓下沉，又是一只只或一群群翻飞的海鸥贴着海面，亲吻着落日，依依不舍。当太阳终于沉入海中，我看到深红的海水溅上天幕，化作片片血红的云彩，而那几只披着红色霞光徘徊流连的海鸥，恰如还在飞溅的血花。

看到这些海鸥和大雁，我惊叹的同时也暗生自卑。和它们相比，人类

是何等的无能，只能贴着地面行走，而无缘看到更诗意的远方。

但人类的进化以及人类社会的进步，又是任何飞禽所不及的，尤其是各种航空器乃至宇宙飞船的诞生，让人类能够借此飞到任何鸟类所望尘莫及的空间。

而这，有赖于想象与创造的自由。只要有这份自由，就没有人类去不了的地方。扼杀了自由，人类真的就寸步难行了。

所以，每当我和小伙伴们的目光追逐着海鸥和大雁飞翔时，我总是对他们说："自由，是人类飞翔的翅膀。"

我们还经常一起去海边看日出和日落。博恩瑟小镇的港口边是观日出和日落的最佳处，站在海边同一个位置，早晨可以看着太阳从东方冉冉升起，傍晚可以看着夕阳从西边缓缓下沉。北菲茵学院离博恩瑟小镇三公里多，我和小伙伴们曾经在早晨步行去，有时候也骑自行车去，我们一起目睹朝晖夕阴，一起置身星辰大海，一次次为自然所折服，一次次为宇宙所震撼。

当把在海边所拍的奇景发到朋友圈时，有朋友说我拍日出日落拍成"强迫症"了。在他们看来，太阳还是那个太阳，天天如此，有什么不一

样呢？值得每天去拍吗？

当然值得。不同季节，不同地点，太阳都会呈现出不同的美。就算是同一季节、同一地点，由于每天空中的云彩多少不同、分布姿态各异，同一轮太阳也会带给我别样的惊喜。

最近我在丹麦的博恩瑟小镇海边，早晨看东边日出，傍晚看西边日落。有堤岸，有草坪，有山坡，有教堂，有树丛，有海鸥……有时是云霞满天，倒映在平静的海面上，海天同色，一望无垠；有时是晴空无云，一架架飞机飞过，机尾的白雾在空中划出美丽的弧线。太阳往往从树丛中升起，瞬间便跃上天空，把长长的金色倒影抛在海面上，悠悠晃动。

落日也很美，一点点下沉，似乎依依不舍，又义无反顾。最后，夕阳在坠入云层或大海之前，仿佛喷尽所有的热血，染红了大海，染红了天空，染红了整个世界。

血色中，几只或一群海鸥飞翔着，呐喊着，歌唱着这壮烈的生命。

我们参加的是"安幼"第五期培训，而这个培训活动将一期又一期延续下去。也就是说，接下来，还有第六期、第七期……我们走了，将有一批批年轻人再来到这里。离开北菲茵学院前夕，我们把教室和宿舍打扫得干干净净。路方把她买的一个电饭锅特意留在教室的壁柜里，留给下期学员，壁柜里还装着包括方便面在内的各种食品，上面贴着一张纸条："这些吃的是安幼五期学员留给安幼六期学员们的，都是好的，请放心食用。顺祝：学业顺利"。

那天，我们在教室外的空地上，每人轮流上场挥动铲子，除去杂草，一起种下格桑花，也种下我们对"安幼"的祝福。

当时天气阴冷，但我们心中充满阳光也充盈着暖意，因为我们想象着未来我们亲手种下的格桑花，在阳光下绽放着，微笑着……

这是我们对中国教育的美好的祝福与憧憬。

代后记

在丹麦，
我眼中的李镇西老师

　　五六年前，我正读研。我的导师张燕老师经常给我们分享各类社会事件、教育文章，她认为学前教育专业的学生不能只局限于学前教育那点知识，应当有大教育观，有社会大视野。她分享的文章中，经常有李镇西老师的文章，尽管他是中学教师，而非幼儿教师。张老师对李镇西老师的教育故事和观点极其赞赏，常常在例会上与我们分享李老师文章中的金句，并赞叹道："太了不起了！说得太好了……"

　　2013年，毕业后我去了深圳的幼儿园工作，担任配班老师。怀着满腔热情走进幼儿园，理想却被现实"撕"得粉碎。由于带班带得很烂，时不时给班上整一出"事故"，当时班上的带班老师、保育员、家长都对我颇为不满，也许他们都想，还研究生呢，连带班都带不好。那时，天天陪伴我的是一本日记本和一本李镇西老师的《我的教育思考》。每天下班回家在日记本上写下白天的种种窘境、疲惫、挫败，然后再翻开李老师的书静静读一段，给"碎了一地"的内心找点继续前行的动力。

今年5月的一天，跟张老师电话聊天时，张老师提到参加了"安幼"在丹麦的学习，并极力推荐我了解、关注。我在网上搜集相关信息时，偶然发现了一张李老师和张老师的合照，诧异不已！

10月7日，我在丹麦机场见到了"传说"中的李镇西老师，之后还在哥本哈根小美人鱼像前和李老师合了张影，这就像童话像梦一般。

刚到学校的那天晚上，校长Mogens召集我们开了个简短的交流会。会后，董老师特意请李老师讲几句话，李老师说："大家不要把我想象成很高尚的人，你们在书上看到的我并不完整，只是局部真实的李镇西。我还有很多事情是你们不知道的，比如我早晨起来有很多眼屎，你们没见过吧？我的房间很乱，你们不知道吧？"李老师一番大实话逗得我们哈哈大笑。

李老师这种搞笑的小事情有很多，比如有天早晨我们正在吃早饭（其实吃的是方便面，因为李老师特别不习惯吃西餐，常常只能靠方便面"存活"），李老师戴了一顶帽子走到我们面前，神秘地对我们说："我今天洗了头发，特别乱，有损我形象，不能让你们看见，我就戴了顶帽子，你们要理解……"

不知不觉已和李老师相处了十天，从原来不知说什么到现在随意开玩笑，就像是同龄好友。昨天有同伴说："李老师，你不像有些专家那样高高在上。"李老师马上接道："我就喜欢低低在下。"我们也毫不犹豫地表白道："我们就喜欢低低在下的李老师！"

李老师今年已有 60 岁，但依然童心不泯。上 Lisa 的课，我们穿上Lisa 设计的戏剧服后，李老师竟然带着我们一群大龄青年玩起了"老鹰抓小鸡"，刚开始他当老鹰逮我们这些"小鸡"，我们避之不及；之后他当"母鸡"保护我们，"老鹰"无机可乘。寒风中，一个 60 岁的人玩得不亦乐乎，犹如一个 6 岁的孩子，难怪李老师说："我的童心从未丢失。"

李老师的韧性与坚持非同寻常，每天早上 6 点多外面一片漆黑，他早已出门疾走，少则四五公里，多则八九公里。受李老师"诱惑"，我们几个小伙伴也加入李老师的"晨练团"，和李老师在天未亮的清晨或漫步于乡间的小路，或穿梭于苍茫的芦苇中，或驻足于广阔的大海边。很多个早晨，我们和李老师一起从天黑不知不觉间走到天亮，看到清晨第一缕洒下大地的阳光，看到沾满露珠的小花小草，看到美不可言的海上日出……而比风景更触动我们心灵的是李老师一路滔滔不绝讲的他的人生故事，关于他小时候的故事，他母亲、妹妹、学生的故事，他的名字的故事——和安徒生描述自己的人生那样，"是一部美丽动人的童话，情节曲折变幻，引人入胜"。和李老师的晨练成为我们在丹麦学习之旅中的"额外福利"、意外惊喜，能够和曾经仰望的一位名师共同领略自然之壮美，感受人生之奇妙，实在太幸运了！

纵使我们紧跟李老师的步伐，偶尔还是会因为偷懒没能像他那样雷打不动地每天坚持（他的微信公众号"镇西茶馆"每天定时更新原创文章，如此毅力，非常人能及）。上周日我们参观欧登塞，白天要走整整一天，于是我们力劝李老师别去晨练了。原本以为李老师在我们的"唆使"下也会空一天，却没想到吃饭时看见他扛着两个大相机，兴高采烈地跟我们说："今天早晨的日出太美了，太美了！我从来没有见过这么美的日出，这次来丹麦没有白来，你们无法想象有多美。"

每天李老师胸前都挂着个大相机，拍风景、拍我们，唯独不拍他自己。有次带我们去海边看日落，他担任摄影师，给我们拍了很多照片，我们感慨他带相机是来给我们服务的，李老师答曰："哎呀，我也不知道我怎么这么无私！"

李老师酷爱摄影。不管多么忙，他总会见缝插针端起相机，捕捉瞬间的美。他特别擅长抓拍，在拍摄对象浑然不觉因而最自然的状态下，拍出最传神的作品。

李老师拍照的姿势多种多样，站着、蹲着或直接趴在地上等等，他用镜头记录下种种美好，或许是一棵小草，或许是一朵小花，或许是他百拍不厌的日出日落，或许是天空飞过的大雁——他有一双发现美的眼睛，因而在他的眼中，风景无处不在。

十多天的时间里，我们近距离接触了一个生活中的李镇西老师，朴实无华、风趣幽默、真实直率，对美的事物不吝赞美，对不合理的事情直言不讳。

今晚，李老师在丹麦给我们上了"最后一堂课"，听课者有丹麦友人，还有在丹麦的学生。李老师以"教育是心灵的艺术"为主题给我们讲他从教36年和学生们的故事，既让我们捧腹大笑又让我们潸然泪下，一个

个有人性温度的教育故事让我们真切体会到李老师对教育的热爱，对学生的尊重。

　　讲座中，李老师的金句层出不穷："教育是心灵的艺术。""我和教育就像谈恋爱，一旦恋上，矢志不渝，终身不变。""爱的最高境界是不声不响、不知不觉、不露痕迹、不求回报。知识分子要保持高贵而自由的心，当别人不理解你的时候，不要抱怨，而要努力壮大自己。""教育不是培养人才，而是培养幸福的人，培养合格的公民，培养善良、勤劳、有文化、

正直的人。幸福比优秀更重要！""只有当师生彼此相融、彼此能够听到对方的心跳、感受到对方的脉搏时，教育才能真正发生。""儿童教育的最高价值是帮助每一个孩子成为最幸福的自己！每一个老师都应该是教育童话的创造者。让职业充满诗意，把教育编成童话。一个日子，一个孩子，就是教育。擦亮每一个日子，陪伴每一个孩子，就是教育的全部。一个有故事的老师就是幸福的老师。"……

李老师讲课没有高大上的理论，全是鲜活的故事、平实的话语、切身的感悟，是与教育"热恋"将近40年写下的"情诗"，感动心灵，触及灵魂。他能准确地说出每个学生的名字，他会拍下每个学生现在送给他的小礼物（如一本书、两瓶豆瓣酱、几个小车模），他会精心保存学生写给他的每一封信，他会在讲故事时不自觉地眼眶湿润，偷偷擦拭眼角……

李老师的讲座中有一句话我最喜欢，记忆最深刻——"让人们因我的存在而幸福"，这是李老师学校的校训，也是他给每个学生讲的课。短短一句话，胜过万千教育理论。如果每一所学校都秉持这样的教育目标，我们的教育该有多么浓厚的人情味，我们的孩子该有多么幸福的人生！

这些日子置身丹麦，总是不由自主地感慨为什么丹麦的教育能够如此民主、自由，能够真正做到尊重、平等；总是感慨理想很丰满，现实很骨感，丹麦可以造就童话，而在中国太难。然而，李镇西老师不就是在中国土壤上生长出的教育"童话"吗？不就是每一个普通老师都能创造和实现的"童话"吗？

我常想，为什么中国有那么多不好的老师？我认为错不在老师。教育是心灵的艺术，对儿童如此，对老师亦是如此。如果一个当老师的人没有遇到过真正用心教育的老师，他无法理解教育的幸福；如果一个当老师的人没有接受过触及灵魂的教师教育（不是教育理论知识），他无法体会教育的价值。而中国的很多老师都缺少这些，很多人选择当老师并非自愿；

很多人选择读师范院校，却只接受到一堆空洞、冰冷的教育理论；很多老师身在教育一线，却没有遇到像李镇西老师这样有教育情怀的榜样。

刘月琦老师过生日，李老师亲笔写下祝福的话。寥寥数语，爱心尽显。

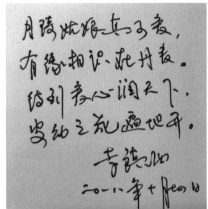

很幸运，在丹麦与李老师相识、相处，这段日子我将终生难忘。好老师是一道光，照亮我们的内心；是一根火柴，点燃我们的内心。无论我们身处在中国的哪个角落，无论我们遇到的现实如何，和李老师相遇，会让我们相信教育，会给我们坚守的力量。

此后，向着李老师的那句"让人们因我的存在而幸福"努力。

丁艳梅

2018 年 10 月 16 日

于丹麦北菲茵

本书写作过程中，得到许多朋友和师长鼎力帮助，特别鸣谢——

丹麦安徒生国际幼儿师范学院院长董瑞祥先生

丹麦北菲茵民众学院院长 Mogens Godballe 先生

丹麦终身学习机构创始人，丹麦安徒生国际幼儿师范学院董事会成员 Lisa Johansen 女士

丹麦安徒生国际幼儿师范学院教师、董事会成员郭斌女士

丹麦安徒生国际幼儿师范学院所有授课老师

"安幼培训项目"第二期和第五期全体学员